빵과 수프, 고양이와

함께하기 좋은 날

둘

빵과 수프, 고양이와

함께하기 좋은 날 ──── 둘

무레 요코 지음
이소담   옮김

북포레스트

아키코의 아침은 엄마와 타로의 사진 앞에 물과 밥을 올리면서 시작된다. 엄마에게는 쌀밥, 타로에게는 좋아하던 사료와 생선 간식이다. 엄마 사진은 서랍장 위, 타로의 유골 상자와 사진은 그보다 낮은 장식장에 놓아 일단 차이를 두었으나, 무심코 타로에게 먼저 물과 밥을 주곤 한다. 게다가 엄마 사진은 한 장뿐인데 타로 사진은 무사태평하게 누운 사진, 얼굴을 클로즈업한 사진, 하품하는 옆모습을 찍은 사진까지 세 장이나 놓았다. 아키코는 스스로도 바보 같다고 생각하지만 매번 타로에게 말을 건다.

"타로, 건강하게 잘 지내니?"

이렇게 말을 걸면, 세상 편하게 누운 사진 속 타로에게서 '그럼, 잘 지내고말고'라는 대답이 들리는 것만 같다. 그러면 다행이라며 안심하고 오늘도 열심히 일해야겠다고 다짐한다. 반면에 엄마에게는 입을 꼭 다물고 합장만 할 뿐이다.

"미안해요."

가끔은 나지막하게 사과할 때도 있다.

가게에서 일할 때는 절대 울지 않지만, 집에 혼자 있거나 가게 문을 닫고 산책하러 나가면 갑자기 타로가 떠올라 눈물이 흐른다. 어디서 고양이 기척이 난다 싶으면 반사적으로 "타로니?" 하고 말을 걸고는, 그런 어리석은 자신이 한심해 쓴웃음을 짓는다. 고양이 중에는 말을 걸면 돌아보는 애도 있었다.

'내 이름은 타로가 아닌데? 너 뭐야?'

이렇게 한마디 해주고 싶다는 표정으로 빤히 쳐다보는 고양이를 보면서 아키코는 울먹이며 웃곤 했다.

아키코가 가게를 내고 그렇게 시간이 많이 흐른 것도 아닌데 상점가의 변모는 대단했다. 경영자가 죽거나 가게를 더는 유지하지 못하면 곧바로 점포 공사가 시작된다. 가장 많을 때는 다섯 곳이 동시에 인테리어 공사를 했고, 그중 세 곳은 휴대폰 판매점, 두 곳은 술집이 됐다. 가게가 셔터를 내린 채 있는 모습을 보기 싫은지, 상점가의 가게 주인들이 모인 반상회에서 가게 권리를 소유한 사람에게 "그래서 앞으로 어떻게 할 건데? 응?"하고, 어떻게든 결론을 내라며 들들 볶는다고 한다. 아침에 가게 앞을 청소하다가 마주친 찻집 아주머니에게 들은 이야기다.

"저도 리모델링하기 전에 계속 셔터를 내려둬서 아주머니한테 혼난 적이 있죠. 지금도 밤에는 문을 닫고요. 반상회에서 딱히 경고를 들은 적은 없지만 역시 폐를 끼치는 걸까요?"

"폐라고 할 것까진 없고, 아키코가 편하게 가게를 할 수 있는 건 다 어머니 덕분이야. 가요 씨 가게는 특별했으니까. 모양새가 달라졌어도 딸이 가게를 물려받았으니 참견하기 좋아하는 아저씨들도 잔소리를 못 하는 거겠지."

"죄송합니다……."

아키코는 작은 목소리로 사과했다.

"죄송할 게 뭐 있어? 가요 씨는 저세상으로 이사를 갔으니 너는 너 좋을 대로 하면 돼. 생판 남이 거기까지 감 놔라 대추 놔라 하진 않으니까. 이런 불경기에 상점가에서도 어떻게든 해보려고 필사적인 거야. 맞다, 팬지 씨도 그만둔다더라고."

팬지 씨가 누군지 몰라 아키코는 고개를 갸웃거렸다.

"저 앞에 가게 말이야. 예전에 밖에다 중고 기모노를 내놓고 팔기도 하고, 수예품을 늘어놓고 팔기도 했던 곳 있잖아. 역시 장사가 잘 안됐나 봐. 가게를 팔았다고 하더라고."

"그래요? 워낙 상품이 자주 바뀌긴 했죠."

"뭐 하나 유행한다 싶으면 손을 댔으니까. 그러기 시작하면 단말마의 비명이나 마찬가지야. 거기까지 가면 진득하게 장사를 못 해."

분홍 바탕에 은색 줄무늬가 들어간 트레이닝복을 위아래로 입고 와인색 운동화를 신은 찻집 아주머니가 팔짱을 끼고 고개를 끄덕였다. 예전에는 출퇴근할 때도 가게에서 입는 화려한 원피스와 하이힐 차림이었는데, 요즘은 갖춰 입기 힘들다며 편한 복장으로 바꿨다. 가게에 출근해서 옷을 갈아입으면 마음가짐이 달라져 오히려 낫다고 했다. 트레이닝복 차림이지만 이른 아침부터 꼼꼼하게 화장을 하고 새빨간 립스틱을 바른 얼굴을 보면서 아키코는 놀랍기도 하고 존경스럽기도 했다.

"네 가게도 손님이 많이 와서 다행이야. 기껏 가게를 열었는데 파리나 날리면 큰일이잖아. 솔직히 말해서 양반네나 공주님의 도락처럼 장사를 하니까 저래도 괜찮을지 걱정이었어."

"네, 어떻게든 버티고 있어요. 이것저것 가르쳐주셔서 고맙습니다, 아주머니.”

아키코는 고개를 꾸벅 숙였다.

“그 덩치 좋은 여자애도 일 참 잘하더라. 괜찮은 직원을 찾았어. 우리 가게에 오는 손님들도 다 그런 소리를 하더라고. 요즘은 일머리 있는 사람을 찾는 게 제일 어려워.”

“아주머니 말씀대로 시마 씨가 얼마나 도움이 되는지 몰라요. 시마 씨가 없었다면 저는 아마도 가게를 계속하지 못했을 거예요.”

“종업원만 괜찮으면 가게는 어떻게든 굴러가. 난 말이지 골치 아파 죽겠어. 우리 아르바이트 아가씨가 손님이랑 정분이 났지 뭐야. 절대로 하면 안 되는 짓을 해버리다니. 내가 입에서 신물이 나도록 타일렀는데 들은 척도 안 해. 이왕에 사귈거면 손님 모두와 잘 지내라고 그렇게 가르쳤는데. 그런 기술이 부족하다니까.”

아주머니가 얼굴을 찌푸렸다.

“워낙 예쁘고 또 아직 젊잖아요.”

“손님 장사, 그것도 물장사는 신용이 제일이야. 손님들은 안 보는 척하면서 다 보고 있거든. 단순히 커피나 홍차를 마시러 오는 게 아니야. 얼마나 무서운데. 이런, 문 열 준비해야지. 그럼 또 봐."

아주머니는 늘 그렇듯이 하고 싶은 말만 하고 허둥지둥 가게로 들어갔다.

"들어가세요."

아키코는 다시 가게 앞을 청소했다. 아무리 쓸고 쓸어도 바람에 날려 온 광고 전단이나 종이컵, 빨대 따위가 굴러다닌다. 젊은 사람들이 모이는 상점가는 활기가 넘치지만, 아무리 참아줄래도 사람들이 예의를 갖추지 않으니 골치가 아프다. 영업 중인 가게 앞에 빈 종이컵을 버릴 배짱은 없으면서 가게가 문을 닫은 밤이면 대놓고 버려도 된다고 생각하나 보다. 가게 앞을 몇 번이나 오가며 청소한 끝에 간신히 만족할 만큼 깨끗해졌다.

가게 안에서는 시마 씨가 재료를 준비하고 있었다. 따로 지시하지 않아도 필요한 물품을 전부 완벽하게 준비해 놓았다. 잘했다고 칭찬하자 시마 씨가 쑥스러워하며 말했다.

"배팅볼 투수만 한 게 아니고요, 고등학교에 막 입학했을 때는 도구 준비를 도맡아서 했어요. 그래서 이런 건 잘해요."

"그랬구나. 공식 시합에는 못 나갔어도 운동부에서 했던 경험이 지금도 도움이 되는 거네."

"그렇죠."

시마 씨가 가볍게 고개를 끄덕였다.

시마 씨는 처음 일하러 왔을 때와 똑같이 여전히 풋풋하다. 아키코가 출판사에 다니던 시절, 처음에는 순진해 보이던 신입 사원 중에 차츰 일에 익숙해지자 소속 부서의 주인이라도 된 것처럼 태도가 거만해졌던 여자가 있었는데, 시마 씨는 정반대였다. 마음에도 없는 미소를 과도하게 짓는 매뉴얼적인 접객보다 시마 씨 같은 태도가 아키코는 마음에 들었다. 아무리 목소리를 높이고 입술 각도를 억지로 올려 웃어도 아는 사람 눈에는 그 속이 훤히 보인다. 거짓 어린 대응이 아니라 좀더 차분하면서 진심으로 감사하는 마음을 표현하는 방법도 있을 것이다. 과잉 미소에 익숙한 사람이나 그런 쪽을 좋아하는 사람에게는 시마 씨의 태도가 미적지근해 보일 수도 있다.

아키코가 청소용 고무장갑을 벗고 꼼꼼히 손을 씻은 뒤, 수프의 맛을 내는 브로스를 만들기 시작하자 주방 안의 공기가 단숨에 꽉 응축된 분위기로 바뀌었다. 모든 공기 흐름이 소용돌이를 일으키며 냄비 속으로 빨려 들어가는 느낌이다. 거의 매일 수프를 만드는데도 아키코는 매번 긴장했다. 손님에게 내는 요리는 아무리 단순하더라도 일반 가정 요리와 달라서 채소 하나를 썰 때도 아키코의 감각으로 표현하자면, '서걱서걱' 하는 느낌이 있어야 한다. 다른 사람은 아마 잘 모르겠지만 아키코는 기분 좋게 재료 준비를 마친 날도 있고 그렇지 못한 날도 있다고 느낀다. 타로를 잃은 직후에는 분명 채소를 난잡하게 썰었을 것이다. 그런데 시마 씨가 이렇게 말했다.

"도마 위에서 채소를 써는 소리는 역시 좋아요. 리듬이 워낙 완벽해서 소리에 맞춰 춤도 출 수 있겠어요."

"어? 그래? 그런 생각은 해본 적 없는데."

"옆에서 들으면 기분이 좋아져요."

"그렇게 말해주니까 고마운데, 가끔은 흐트러질 때도 있지?"

"그런 적 없어요. 제가 듣기로는 언제나 똑같이 기분 좋은 소리예요."

"그러고 보니 『논짱 구름을 타다』(일본의 아동문학 전문 번역가이자 소설가인 이시이 모모코의 창작 동화-옮긴이)라는 책에 엄마가 부엌에서 된장국에 넣을 무 써는 소리를 듣고 잠에서 깬다는 얘기가 있었어."

"아, 저도 어려서 읽었어요. 저는 운동만 하느라 교과서도 제대로 안 읽었는데 그 책은 독후감을 써야 해서 읽었거든요.

그런데 그런 장면이 있었는지는…… 까먹었네요."

몸을 움츠리는 시마 씨를 보며 아키코는 후후 웃었다.

"책은 안 읽는 것보단 읽는 게 좋다고 생각하지만, 시마 씨는 책을 안 읽었어도 이렇게 훌륭하게 컸으니까 됐지."

아키코가 말을 마치자마자 시마 씨는 귀까지 새빨개졌다.

"무, 무슨 말씀이세요. 전혀 아니에요."

오른손을 획획 저으며 뒷걸음질을 치다가 찬장에 뒤통수를 우당탕 박았다.

"죄, 죄송해요. 아야, 아파라. 정말 죄송합니다."

시마 씨는 여전히 새빨간 얼굴로, 왼손으로는 뒤통수를 문지르며 고개를 꾸벅꾸벅 조아렸다.

"괜찮아?"

아키코가 수프 준비를 이어가며 묻자, 시마 씨가 고개를 푹 숙였다.

"도움이 안 돼서 정말 죄송해요."

"도움이 안 될 리가 있겠어? 만약 그랬다면 일찌감치 내쫓았을 거야."

시마 씨에게서 대답이 없었다. 뒤통수를 찬장에 세게 박아 충격을 받았나 싶어 놀라 쳐다봤는데, 시마 씨는 아키코를 가만히 바라보고 있었다.

"왜 그래?"

"아니요……."

소프트볼부에서 활동할 때 감독 앞에서 어떻게 서 있었을지 짐작이 가는 곧은 차렷 자세였다.

"그렇게 말씀해주시니까 기뻐서요. 감사합니다."

이번에는 시합을 마쳤을 때 할 법한 경례를 했다.

"저는 쭉 운동만 하며 살았고 고등학교노 운동으로 들어갔는데, 결국 제 몫을 제대로 못 했어요. 그래서…… 뭐랄까, 저 자신한테 패배감 같은 걸 느끼거든요. 졌다는 생각이 들어서요."

"하지만 배팅볼 투수나 도구 담당이었으니까 다른 사람들한테 충분히 도움이 됐을 거야."

"그건 그렇지만요. 하지만 그런 일은 제가 아니라 누구든 할 수 있잖아요……. 솔직히 고등학교 3년 내내 제 인생은 끝장났다는 생각만 했어요."

시마 씨가 리넨 천을 손에 들고, 소프트볼 공을 주물럭거리듯이 양손으로 유리잔을 닦기 시작했다.

"그렇지 않아. 스포츠를 하다 보면 머릿속이 이기고 지는 관

넘에 사로잡히기 쉽지만, 인생은 이기고 지는 문제가 아니니까. 계속 이겨야만 성에 차는 사람이나 항상 이기는 게 일인 사람은 틀림없이 괴로울 거야. 지는 게 이기는 것이란 말도 있잖아? 시마 씨는 정말 훌륭한 사람이야. 그렇지 않았다면 우리 가게에서 일해달라고 부탁하지도 않았을 테니까 자신감을 가져도 돼. 앞으로 인생은 수십 년이나 계속될 거고 즐거운 일도 얼마든지 있을 거야."

시마 씨는 순순히 고개를 끄덕이고, 잘 닦여 빛이 나는 유리잔을 선반에 올려놓았다.

개업 초기에는 문 앞에 긴 줄이 생겼으나 요즘 들어서는 비교적 차분해졌다. 기다리는 손님도 두어 쌍 정도여서 허둥거리지 않고 일할 수 있었다. 시마 씨와 말한 것처럼 머릿속이 이기고 지는 관념으로 꽉 찬 사람이라면 손님이 제일 많았을 때를 기준으로 삼아 손님 수가 조금이라도 줄어들면 불안해서 안달이 나겠지만, 아키코는 손님이 늘거나 줄거나 그저 가게에 찾아와준 손님들이 즐겁게 식사하고 만족스럽게 돌아가기를 바랄 뿐이다. 시마 씨에게 월급을 주지 못하는 날이 온다면 그때는 진지하게 고민해야겠지만, 일일이 반응하진 않으려고 한다. 자신이 만들고 싶은 요리를 만들고, 손님이 맛있다고 해주면 그걸로 만족했다.

초기에는 여럿이 무리 지어 오는 여자 손님이 많았는데 요즘은 혼자 오는 젊은 남자 손님도 늘었다. 요리가 취미이거나 직접 밥을 해 먹는 사람들 같았다. 그들은 계산하면서 "맛있었습니다"나 "잘 먹었어요"라는 인사를 항상 해주었고 수프를 어떻게 만드는지, 샌드위치를 만드는 요령이 따로 있는지 등을 자세하게 물어보기도 했다. 의외로 요리법을 묻는 손님은 여자보다 젊은 남자일 때가 많았다.

그날 혼자 찾아온 손님은 대학생쯤 되어 보이는 안경 쓴 남자였다.

"미네스트로네가 정말 맛있어요. 이런 건 어떻게 만들죠? 저도 채소를 많이 먹으려고 수프를 만들어봤는데, 그냥 채소 넣고 끓인 국물이 되더라고요. 몸에 스르륵 스며드는 느낌 같은 게 부족해요."

아키코는 요리법을 질문받으면 영업 비밀이라고 둘러대지 않고 항상 모든 질문에 대답해주었다. 수프는 하루에 쓸 분량만큼만 준비하고 수프의 맛은 재료 본연의 맛에서 끌어내며, 불필요한 냉동식품이나 전자레인지를 쓰지 않는다고 대답하자 청년은 한숨을 내쉬었다.

"저는 파는 수프스톡을 넣고 만들었어요. 그래서 맛이 안 났나 봐요. 이 가게에서 하는 방법도 쉬운 일은 아니겠네요."

"집에서 만드신다면 닭고기 수프를 한꺼번에 만들어서 냉동해두면 편할 거예요. 가게랑은 다르니까요."

"하지만 그렇게 하면 여기랑은 맛이 달라지겠죠?"

청년은 그건 곤란하다는 표정을 지었다.

"최대한 좋은 재료를 쓰려고 노력하지만 저희도 구하기 어려운 건 쓰지 않으니까 괜찮을 거예요. 조미료도 재료 이상으로 중요하니까 품질 좋은 것을 써보세요. 이왕이면 정제 소금이 아니라 천일염으로요."

아키코가 지금 쓰는 수입산과 일본산 천일염을 주방에서 꺼내 와 보여주고 비닐봉지에 조금씩 담아 건네주었다.

"만들어볼게요. 정말 고맙습니다."

청년이 환하게 웃으며 돌아갔다.

"열의가 대단하네요."

시마 씨가 감탄했다.

"참 고맙지. 패스트푸드점에 가면 우리 가게의 절반 금액으로 밥을 먹을 수 있는데."

청년이 돌아가고 손님 발길이 딱 끊어져서, 시마 씨와 아키코는 쌓인 식기를 나누어서 설거지했다. 누가 들어오진 않는지 주방에서 지켜보았으나 그럴 낌새는 없었다.

"요즘은 요리를 좋아하는 남자도 많아졌어. 내가 회사에 다니던 시절 얘기지만, 편집부에 젊은 남자 직원이 요리에 흥미를 느껴서 남자를 대상으로 한 요리 교실에 다녔거든? 그런데 석 달 만에 그만두더라고. 사귀던 여자가 요리 교실에 다니는 걸 싫어했대."

아키코는 성격도 싹싹하고 키도 훌쩍 컸던 부하 직원을 떠올렸다.

"어라? 왜 싫어해요?"

"자기보다 애인의 요리 실력이 좋아지면 곤란하다고 했대."

"네? 만들어달라고 하면 될 텐데."

"그렇지? 나도 같은 생각이어서 애인 말 듣지 말고 계속 배우라고 부추겼어. 그런데 여자들도 다 생각이 다르니까. 아무튼 요리하고 싶은 남자의 소망을 뿌리째 뽑아버리는 건 좀 아니다 싶었지."

"맞아요. 꼭 옛날 남자들이 자기보다 뛰어난 여자는 싫으니까 여자는 학교에 다니지 말라는 거랑 똑같네요."

"그런 옛날얘기를 다 아네? 나보다도 한참 윗세대 얘긴데."

"저는 시골에서 컸으니까요……. 시대감각이 한참 뒤처졌어요."

"쓸데없는 고집을 부리는 건, 그런 말을 하는 본인에게 자신감이 부족한 탓이야. 상대방이 자기보다 조금이라도 우위에 서면 싫으니까 발목을 잡는 거지. 시마 씨 아버지와 어머니는 상부상조하며 같이 일하시잖아? 서로 없으면 안 될 동등한 입장이실 거야."

다른 사람의 발목을 잡고 늘어지긴 싫다는 대화를 나누며 둘은 마주 보고 고개를 끄덕였다. 개업 초기에는 둘이서 이런 대화를 나눌 시간조차 없었다. 그때는 자각하지 못했으나 바빴을 때는 눈빛도 불친절했을지 모른다고 반성했다.

"어, 찻집 아주머니께서……."

시마 씨의 중얼거리는 소리에 식기장을 정리하던 아키코가 뒤를 돌아보자, 찻집 아주머니가 가게 안을 빤히 들여다보고 있었다.

"무슨 일이시지?"

아키코가 인사했지만 밖에서는 보이지 않는지, 찻집 아주머니는 표정 없이 발길을 돌려 자기 가게로 돌아갔다.

"요즘 찻집이나 카페도 큰일이래요. 문을 닫는 가게가 많다고 들었어요. 큰길로 나가는 골목 오른편에 커피 체인점도 생겼더라고요."

시마 씨가 목소리를 낮췄다.

"응, 그런 것 같더라. 유료 주차장이 있던 곳 말이지?"

"네, 언제 봐도 사람이 많았어요."

"그러게. 이런 상황에서도 아주머니는 수십 년이나 가게를 운영한 거니까 대단하시지. 내 가게를 갖고 나서야 얼마나 어려운 일인지 알겠어."

아키코가 혼잣말처럼 말했다.

아주머니가 운영하는 찻집은 아키코가 중학교에 다닐 때 혹은 그보다 조금 전에 문을 열었다. 찻집 전에는 오후 7시부터 문을 여는 바였다. 바를 운영하던 사람들과는 직접 만난 기억이 없다. 밤에 공부하다가 지루해서 방 창문을 열고 상점가를 내려다보면, 성인 남녀의 웃음소리가 들리면서 바의 문이 열렸다. 안에서 선정적인 색에 하늘하늘한 옷을 입은 여자가 나와 양복 차림의 남자들을 배웅하는 모습이 보였다. 저런 가게는 어른들이 다니는 곳이니 학생인 자신이 캐물어서는 안 된다고 생각해 아키코는 엄마에게 아무것도 묻지 않았고, 엄마 역시 그 바에 딱히 흥미를 보이지 않았다. 부부가 경영하는

바이고 아내도 가게에서 일한다는 말만 얼핏 들었다.

그러다가 그 바는 어느새 아주머니가 운영하는 찻집으로 바뀌었다. 리모델링 공사도 없이 갑자기 바가 찻집이 됐다. 나중에 엄마와 술 취한 단골 아저씨가 그 바의 남자 주인이 가게에서 일하던 젊은 여자와 자취를 감춰 문을 닫았다고 쑥덕거리는 것을 들었다. 아키코가 젊었을 때만 해도 찻집 아주머니는 밤 11시 넘어서까지 가게 문을 열었는데 요즘은 9시면 문을 닫았다.

아키코는 앞으로 이 가게를 얼마나 이끌어갈 수 있을지 생각해보지 않았다. 우선 가게를 내는 것만으로도 큰일이었고, 지금은 매일 할 수 있는 일을 하고 있다. 찻집 아주머니 눈에는 여전히 '양반네나 공주님이 도락으로 하는 장사'로 보일 테지만 말이다.

"찻집 아주머니는 어떤 인생을 살아오셨을까요."

시마 씨가 찬장 높은 곳의 식기들을 다시 정리하며 중얼거렸다.

"음, 글쎄. 그러고 보니 나도 잘 모르고 있네. 엄마는 알았을 수도 있지만 나한테 아주머니의 사적인 얘기는 안 했어. 좋아하는 얘기는 그만하라고 해도 끝없이 말하는 사람인데 그러지 않았던 걸 보면 딱히 관심이 없었나 봐."

"워낙 엄격한 분이니까 그만큼 혹독한 인생을 사셨을 것 같아요."

"아무래도 그렇겠지? 나보다도 연상인 여자인 데다 독신이니까…… 아 참, 아주머니가 독신인지 아닌지 모르지만 일단 독신이라고 가정하자. 아무튼 우리 엄마처럼 여자 혼자 자식을 키우는 사람도 그렇고, 아주머니 같은 사람도 고생이 이만저만이 아니었을 거야. 요즘도 여러모로 문제가 있는데 옛날에는 편견도 심했고, 세상 자체가 여자한테 친절하지 않았으니까."

"그렇군요……. 그렇다면 엄격해질 만도 하겠어요. 운동부 훈련 선생님의 엄격함과는 좀 달라요. 굳이 표현하자면 호랑이 교관 같은 느낌이랄까."

"호랑이 교관?"

젊은 시마 씨 입에서 나오리라 상상도 못 한 단어여서 아키코는 웃음이 터졌다.

"교관이라니, 또 나이에 안 어울리는 말을 하네."

"그런가요? 어려서 동네 할아버지랑 할머니가 자주 쓰시던 말이에요. 배를 여러 척 가지고 있던 친절한 아저씨가 있었는데 그분 동생을 두고 뒤에서 다들 '호랑이 교관'이라고 불렀어요. 찻집 아주머니도 무표정하고 엄격한 느낌이⋯⋯ 왠지 비슷해요."

분홍색에 은색 줄무늬가 들어간 트레이닝복을 위아래로 입은 찻집 아주머니를 떠올리자, 배 속에서 웃음이 부글부글 일었다.

"그럼 우리 가게랑 건너편 가게에는 복덩이 가면이랑 메가 지장보살이랑 호랑이 교관이 모여 있는 거네?"

웃으며 시마 씨를 보자, 시마 씨도 이미 어깨를 떨며 웃고 있었다.

"찻집에서 일하는 여자분은 공주님 같아요."

"분위기랑 잘 어울린다. 그 사람은 복덩이도 지장보살도 아니니까."

아키코는 찻집 아주머니에게 들은 '공주님'의 남자관계를 시마 씨에게 말하지 않았다. 괜한 소문을 시마 씨에게 들려줄 필요는 없다.

"그럼 아주머니 가게에선 공주님이 호랑이 교관한테 혼쭐이 나는 거네."

"호랑이 교관은 엄격하니까요."

마치 직접 경험한 것처럼 시마 씨가 진지하게 고개를 끄덕였다. 설거지를 마치고 문득 앞을 보니, 새먼핑크 니트 원피스를 입은 공주님이 스테인리스 쟁반 위에 커피를 넉 잔 올리고 찻집에서 막 나오는 참이었다.

"저 앞 골목에 있는 마작 가게에 배달하러 가나 보다. 거긴 낮이면 이 동네에서 자영업을 하는 남자들이 모이니까 공주님이 가면 분위기가 확 살겠지."

"아아, 그렇겠네요."

잠시 후, 공주님은 흥겹게 폴짝폴짝 뛰며 돌아왔다. 아키코는 또 찻집 아주머니에게 혼나겠다고 생각했다.

"이 상점가 사람들은 누가 어디에서 일하는지 다 아니까 경거망동하지 마. 평범하게 걸으라고."

호랑이 교관은 이렇게 화를 낼 것이다.

"어머나, 잘못했습니다."

공주님은 순순히 사과한다. 그러면 호랑이 교관도 맥이 풀려 더는 설교하지 못하고, '도대체 얘는……' 하고 속으로만 짜증을 내며 분노를 삭일 수밖에 없다. 지금까지 그런 일을 반복하며 함께 일했을 것이다.

호랑이 교관의 상대가 공주님이기에 성립하는 관계다. 호랑이 교관 대 호랑이 교관이었다면 아수라장이 될 것이다. 수십 년 넘게 가게를 꾸려왔으니 문제점도 많았을 테고, 찻집 아주머니가 했던 말에서도 이런저런 단면이 엿보였다. 그래도 아키코의 가게에 무슨 일이 생겼을 때, 이 상점가에서 제일 먼저 조언을 구할 수 있는 사람은 찻집 아주머니였다.

"저, 지금 식사 될까요?"

식기 정리를 다 마쳤을 때, 젊은 여자 두 명이 조심스럽게 문을 열었다.

"네, 그럼요."

"어서 오세요."

시마 씨가 주방에서 뛰어나와 두 사람을 자리로 안내했다. 후보 신세였다지만 역시 강호 고등학교에 추천 입학한 운동신경을 증명하는 몸놀림이다.

"예전에 한 번 왔었는데 맛에 반해서 이번에는 친구를 데리고 왔어요."

"정말 감사합니다."

시마 씨를 따라 아키코도 주방에서 나와 인사했다.

"와주셔서 감사합니다."

여자들은 한참이나 즐겁게 수다를 떤 후에야 주문했다.

시마 씨는 조금 전과는 확연히 다른 진중한 표정으로 아키코에게 주문을 말했다.

"베이글 달걀 샌드위치와 바게트 아보카도 샌드위치, 닭고기 수프입니다."

"알았어."

두 사람의 즐겁고도 긴장되는 시간이 다시 시작됐다.

2

타로가 떠난 뒤로 시마 씨는 출근길에 고양이를 발견하면 사진을 찍어 보여주곤 했다.

"이런 애가 있었어요."

"와, 어쩜. 얼굴이 이렇게 크다니. 배도 빵빵하고."

아키코는 즐겁게 사진을 보면서 다음에는 어떤 고양이를 보여줄지 내심 기대도 했는데, 점차 고양이 사진을 보여주는 횟수가 줄어들었다.

"시마 씨, 요즘에는 고양이들이랑 잘 못 만나?"

나란히 서서 설거지를 하던 중에 아키코가 물었다. 요즘은 손님 발길이 끊어지는 시간대도 생겨 지금처럼 둘이 가볍게 대화를 나눌 시간이 늘었다. 긴장해서 어깨에 힘이 잔뜩 들어 갔다가도 시시한 수다를 떨 여유가 생긴 덕분에 차츰차츰 진정되는 것 같았다.

"아뇨, 그렇지는 않은데……."

시마 씨를 봤더니 빨래판에 빨래라도 하듯이 스펀지로 접시를 벅벅 문지르고 있었다. 아키코는 웃음을 터뜨렸다.

"시마 씨, 왜 그래? 그렇게 힘줘서 안 해도 다 닦이는데. 고양이들이 어디 나쁜 곳으로 갔나? 하지만 춥지도 않고 덥지도 않은데……."

"그렇죠."

시마 씨가 고개를 끄덕였지만 어딘지 어색한 태도였다.

"정말 왜 그래? 무슨 일 있었어?"

"아뇨, 그게요, 그런 건 아닌데요."

"응."

"음, 저기…… 제가 괜히 힘드시게 한 것 같아서요."

"힘들게 하다니? 뭘를?"

"그게, 타로가 떠나서 아키코 씨는 굉장히 슬프실 텐데 건강한 고양이를 보면 괜히 더 슬퍼질 거라는 생각이 들었어요. 사진을 보여드리면 아키코 씨가 많이 좋아해주시지만 그만큼 혼자 계실 때 슬퍼할 것 같아서요. 그래서 안 보여드리는 게……
낫지 않나 해서……. 죄송해요."

시마 씨의 목소리가 점점 작아졌다.

"어? 아니야. 요즘 전혀 안 보여주니까 너무 심심했어. 나도
산책하러 나가면 그때 본 애들이 혹시 있나 찾아보는데? 말을
걸면 도망치는 애도 있고, 눈을 동그랗게 뜨고 보는 애도 있고
몇몇 고양이는 다가오기도 해. 어떤 태도를 보이든 다 귀여워
서 만나면 행복해."

"아, 정말요? 다행이다."

"지금도 타로를 생각하면 당연히 눈물이 나지만 타로랑 다
른 고양이들은 별개야. 텔레비전에 고양이가 나오면 꼭 챙겨
보고 깔깔 웃는걸."

시마 씨가 안심한 듯이 밝게 웃었다.

"사진 재고는 없어?"

"재고, 아주 많아요."

설거지를 어느 정도 마치자, 시마 씨는 매일 어깨에 메고 다
니는 커다란 숄더백에서 휴대폰을 꺼내 아키코에게 보여주었
다. 손님이 없어도 놀고 있을 순 없으니 언제든 손님을 맞이할
수 있게 가게 입구를 보고 나란히 선 자세로, 시마 씨가 내민

휴대폰을 같이 들여다보았다.

"정말 많네? 와, 이렇게나 많이 찍었어?"

고양이 사진이 수십 장 수준도 아니고 끝없이 나왔다. 아키코는 자기도 모르게 시마 씨에게서 전화를 뺏어 들었다.

"외출할 때마다 꼭 찍었거든요. 여기는 우에노 공원이고 여기는 이노카시라 공원, 아, 이건 롯폰기에서 찍은 거예요."

"하하하. 대단하다. 도쿄를 망라했네."

박력 넘치는 얼굴, 앙숭맞은 얼굴, 너구리처럼 생긴 애, 늘씬하고 새초롬한 애, 무늬가 독특한 애, 새끼를 데리고 있는 어미 고양이 등등. 아무리 봐도 질리지 않았다.

"와, 어떡해."

아키코가 감탄하며 사진을 들여다보는 동안, 시마 씨는 고양이 사진을 찍었을 때 있었던 에피소드를 말해주었다. 아키코는 자기 휴대폰으로 사진을 보내달라고 부탁하고 만족한 표정을 지었다.

"덕분에 한동안 즐겁겠어."

"제가 괜한 생각을 한 것 같아서 죄송해요."

"괜찮아. 마음 써줘서 고마워. 지금도 당연히 슬프지만 다른 고양이를 보면 마음이 편해져. 이래 보여도 나 정신력이 강한 사람이니까 걱정 안 해도 돼."

"네, 알겠습니다. 또 보여드릴 수 있게 새로운 장소를 개척할게요."

시마 씨가 등을 쭉 펴며 다짐했다. 또 운동부 시절로 되돌아간 모습이어서 아키코는 살며시 웃었다.

예전에는 준비한 수프가 동이 나서 손님을 돌려보내기도 했는데, 요즘은 손님 발길이 끊어지는 순간과 수프가 떨어지는 순간이 거의 같았다.

"매번 딱 맞아떨어지니까 왠지 무섭다. 혹시 내가 예언하면 들어맞는 거 아닐까?"

아키코는 시마 씨와 농담을 주고받으며 수다를 떨었다. 둘이서 할 수 있는 일의 범위와 찾아오는 손님 수가 균형을 잡자 정신적인 부담이 줄어들었다. 이런 소리를 하면 찻집 아주머니는 또 "약해빠진 소리는 집어치워"라며 혼을 내겠지만, 아키코는 불꽃놀이처럼 펑 터졌다가 금방 사라지는 것보다 평범할지라도 무슨 일이 있을 때면 문득 그곳에 가서 밥을 먹고 싶다는 생각이 드는 가게를 꾸리고 싶었다.

형태는 다를지언정 엄마도 어쩌면 비슷한 마음이지 않았을까. 엄마가 운영하던 '가정식 가요'에는 일절 흥미가 없었고 굳이 말하자면 혐오감을 느껴서 상점가 내에서 엄마의 가게가 어떤 입지였는지 생각해본 적도 없는데, 찻집 아주머니는 주변에서 한 수 접어주는 곳이라고 말했다. 그래서 매일 같이 질리지도 않고 단골손님이 찾아와준 것이라고 뒤늦게 깨달았으나, 아키코는 한편으로 단골손님이 생기는 것이 두려웠다.

단골손님이 얼마나 감사한 존재인지 잘 알지만, 너무 가까워지면 가게와 손님으로 관계를 유지하기 어려워진다. 자주 오는 손님 중에 아키코와 친해지고 싶은지 얼핏 말을 거는 여자들도 있는데, 그들 눈에는 아키코의 태도가 차가워 보였을 것이다. 블로그나 트위터를 하는 손님이 그들 중 누구인지는 모른다. 다만 특정 가게의 주인과 사이가 좋다고 어필하며 자신이 특별하다고 우월감을 느끼는 블로거도 많다고 시마 씨가 알려줬다. 아키코는 그런 것을 피하고 싶었다. 자주 찾아오는 손님에게는 진심으로 감사하지만, 필요 이상으로 개인적인 친분을 맺지 않도록 주의했다. 친해지고 싶은데 아키코의 태도가 미지근해 무뚝뚝하다고 여기는 손님도 있을 테지만 이것만은 어쩔 수 없다.

찻집은 여전히 한가한지, 아주머니가 종종 가게 상황을 훔쳐보러 왔다. 아키코와 시마 씨에게 웃어 보이지도 않고 무표정으로 나타나 무표정으로 되돌아갔다. 처음에는 긴장했지만 금방 익숙해져서 그런 모습을 보면 왠지 재미있었다.

"아주머니는 우리 가게를 들여다봐서 뭘 하시려는 걸까요?"

시마 씨가 의문을 품었다.

"뭘 하실 생각은 없을 거야. 매일 습관이 된 것 아닐까?"

"흠, 습관이요?"

"우리 가게를 들여다보지 않으면 마음이 편하지 않다거나. 게다가 가게에 손님이 있거나 말거나 상관없으실 거야."

"저는 저러실 때마다 여기 손님이 얼마나 있는지 확인하고 아주머니 가게랑 비교하는 줄 알았는데, 그건 아니었나 봐요."

"수십 년 넘게 장사한 분이니까 그런 걸 일일이 신경 쓰진 않으시겠지? 초보 장사꾼인 내가 제대로 하고 있나 걱정되서 저러실 거야."

아키코는 후후 웃었다.

일주일에 딱 한 번 쉬는 정기휴일은 그대로 유지했다. 며칠 연속해서 5시에 문을 닫게 되자 평일 오후를 자유 시간으로 쓸 수 있게 되어 기뻤다. 문 닫을 준비를 하면 찻집 아주머니가 잽싸게 나타나 "아니, 벌써 문을 닫아?" 하고 꼭 말을 걸었다. 가게를 시작한 이후로 아키코에게 매일 똑같은 말을 하는 아주머니도 대단한 사람이라고 생각했다.

"그럼 내일 뵐게요."

시마 씨가 돌아갈 채비를 하고 가게를 나서다가 앞에 버티고 선 찻집 아주머니를 보고 공손하게 인사했다.

"안녕하세요. 먼저 퇴근하겠습니다."

"그래, 고생했어. 그런데 그쪽은 이 시간에 퇴근하면 뭐 해? 시간이 너무 남아돌지 않아?"

찻집 아주머니가 시마 씨에게 말을 걸었다.

"집에 가면 목욕탕부터 가요."

"응? 목욕탕? 집에 욕조가 없어?"

"있지만 팔다리를 쭉 뻗을 수 있는 목욕탕이 좋아서요."

"꼭 옛날 사람처럼 말하네."

"시마 씨는 자기만의 취향이 있어요. 멋있죠."

아키코가 시마 씨의 어깨를 가볍게 두드렸다.

"그러게. 이름이 시마였지? 너는 체구가 커서 팔다리를 마음 내키는 대로 폈다가는 좁은 욕조를 부술 수도 있겠다."

"정말 그래요."

시마 씨가 머리에 손을 얹고 민망해했다.

"요즘 사람 같지 않네. 나는 네가 마음에 들어."

찻집 아주머니의 말에 시마 씨는 부끄러워하며 꾸벅 고개를 숙이고는 돌아갔다.

"하여간에 변한 게 없네. 벌써 문 닫으려고?"

역시 그 말씀을 하시는구나 싶어 아키코는 웃음이 나왔다.

"네, 수프가⋯⋯."

"그랬지. 그러고 보니 나 맨날 똑같은 소릴 하네. 치매라도 온 건가?"

"무슨 말씀이세요."

"이거야 원, 큰일이야, 큰일. 우리 가게 아가씨는 처음부터 멍했으니까 내가 가마우지 길들이듯이 부려서 사냥에 써먹었는데, 요즘은 나까지 멍해져서 가마우지랑 사냥꾼이 같이 굶어 죽겠어."

"전혀 그래 보이지 않아요."

정신이 멀쩡하다는 소리도 찻집 아주머니에게 실례라는 생각이 들어 아키코는 어물어물 말끝을 흐렸다.

"우리도 큰일이야. 가격만 저렴하면 전자레인지로 데운 커피라도 괜찮다는 사람도 있거든. 커피 한 잔이라도 기합을 넣어 만드는 나 같은 인간으로선 통탄할 일이지."

시중에서 파는 커피 에센스인지 뭔지를 커피잔에 몇 방울 떨어뜨리고 물을 부어 전자레인지로 가열하면 커피 비슷한 것이 대충 만들어진다고 한다.

"커피의 참맛을 알아주는 사람만 오면 좋은데 현실은 그렇지가 않으니까. 제대로 된 원두를 사서 정성껏 우리려면 합당한 돈을 받아야 하잖아. 그 돈을 내주는 손님이 감사하게도 있고 나도 그 값어치에 맞는 커피를 내지만, 이 상태로는 앞날이 뻔해. 아직 움직일 수 있을 때 은퇴하는 편이 낫지 싶기도 하고."

매번 아키코의 행동에 트집을 잡는 찻집 아주머니가 속에 있는 고민을 털어놓은 것은 처음이었다.

"하지만 그러면 제가 쓸쓸할 거예요."

아키코가 시무룩하게 말하자 찻집 아주머니의 표정이 확 바뀌었다.

"그럴 리가 있나."

쓸쓸하게 웃으며 시큰둥하게 대꾸했지만 찻집 아주머니의 눈이 살짝 촉촉해진 듯 보였다.

"정말이에요. 아주머니한테 배운 게 얼마나 많은데요."

"무슨 소리야. 내가 뭘 가르쳐줬다고 그래?"

아주머니는 말도 안 된다는 듯이 반응했다.

"엄마가 돌아가신 뒤로 이 상점가에서 제가 믿을 수 있는 사람은 아주머니밖에 없고……."

"아이고, 문 닫는 중에 말을 걸어서 미안해. 나도 우리 아가씨가 어쩌고 있나 걱정이니까 그만 들어가봐야지. 갈게."

아키코의 말을 뚝 자르고, 찻집 아주머니는 속사포처럼 말을 하더니 찻집으로 돌아갔다. 혼자 남은 아키코는 아주머니의 등에 대고 인사했다. 오가는 사람이 많은 상점가지만 자기 머리 위에 '오도카니'라는 글자가 떠 있는 기분이었다.

일을 마치고 집으로 올라가 방문을 열었을 때, 타로가 굴러오듯이 달려오지 않는 것에는 여전히 익숙해지지 않았다.

'타로.'

마음속으로 이름을 부르자 슬픔이 왈칵 차올라 테이블에 엎드려 한참을 울었다. 놀랍게도 여전히 눈물이 나왔다. 장식장 위에 작은 유골 상자와 사진이 있고 그 안에 타로가 있다는 걸 알지만 아무리 시간이 흘러도 아키코는 털이 북슬북슬하고 아저씨처럼 듬직한 타로를, 품에 안으면 그르렁그르렁 소리를 내던 타로의 모습을 찾고 있었다. 한바탕 운 뒤에 "어휴"하고 한숨을 내쉬자 마음도 진정돼 저녁을 준비할 기력이 생겼다.

저녁 메뉴는 새우를 넣은 녹황색 채소볶음과 달걀부침, 시마 씨와 반씩 나눈 바게트 한 조각이었다. 개업 초기와 비교하면 수입이 눈에 띄게 줄었지만, 시마 씨에게 월급을 주고 거래처에서 재료를 사들이고도 지나치게 사치만 하지 않으면 아키코도 생활할 수 있어서 일단 큰 문제는 없었다. 그러나 찻집 아주머니의 말처럼 손님이 언제 끊길지 모른다. 경영자로서 경영 방침을 명확하게 세우고 좀 더 구체적인 전략이 필요하겠지만, 지금 시점에서는 생각나는 것이 하나도 없다. 그저 이 동네에서 조용히 장사를 이어가고 싶을 뿐이다. 아침이 오면 재료를 반입해 장사할 준비를 하고, 가게 문을 열어 영업을 시작하면 끝날 때까지 집중력을 유지하며 일하고, 가게 문을 닫고 난 후에는 타로를 떠올리며 우는 것이 아키코의 일과였다.

"우는 게 일과라니 심각하네."

아키코는 밥을 먹으며, 식후에는 서점에서 산 좋아하는 작가의 신간을 읽자고 생각했다. 매일 종류가 다른 차를 마시며 책을 읽는 시간이 가장 행복했다. 무릎 위에 타로가 없는 것만은 아쉬웠다. 의자에 앉으면 무릎 위가 텅 비었고 침대에 누우면 품 안이 텅 비었다.

"타로가 떠난 뒤로 내 인생은 텅 비었어."

아키코는 책에서 시선을 들어 장식장 위의 타로 사진을 바라보았다. 사진 속 타로가 안녕, 하고 인사를 건네는 것 같았다.

"그렇게 건강했던 타로가."

사진을 보면 당연히 슬퍼지는데도 보지 않고는 도저히 견딜 수가 없다. 타로의 동글동글한 발바닥 젤리, 기분이 좋아 활짝 벌어진 콧구멍, 그르렁그르렁 울며 아키코의 몸에 비벼대던 몸과 머리의 무게를 떠올리며 또 훌쩍였다. 도대체 얼마나 더 울어야 속이 풀릴지 아키코도 궁금했다. 한참 울다가 문득 서랍장 위를 보니 기분 탓일까, 사진 속 엄마가 살짝 째려보는 것 같았다.

고양이 사진을 계속 보여줘도 된다는 말을 듣고 안심한 시마 씨는 출근하자마자 휴대폰을 내밀었다.

"새로운 애가 등장했어요."

익숙한 고양이들만 있던 곳에 갑자기 처음 보는 고양이가 나타났다고 했다.

"그래? 길고양이인가?"

"글쎄요, 집에서 키우는 고양이가 우연히 외출했을지도 모르죠. 그런데 털이 지저분한 걸 보니 길냥이 생활을 오래한 것 같기도 해요."

"그럼 지금까지 타이밍이 안 맞아서 못 만났나 보네. 그건 그렇고 시마 씨, 사진 진짜 잘 찍는다."

감탄이 나올 정도로 고양이의 행동을 잘 포착했다. 나무에 앉은 참새를 잡으려고 담벼락 위에서 두 앞발로 균형을 잡고 서 있는 고양이는 그야말로 으라차차 하고 외치는 것 같았다.

"얘는 손에 우산을 들 줄 알면 날아서 세계여행도 할 수 있겠어."

아기코는 웃으며 그 사진을 계속 들여다보았다.

"맞아요. 얘는 균형감각이 뛰어나서 오래 서 있더라고요. 그런데 또 굼뜬 애도 있어요."

"그렇지. 왜 저런 데서 미끄러지나 싶은 곳에서 주르륵 떨어지는 애도 있잖아."

"역시 고양이도 운동신경이 뛰어난 애가 있고 없는 애가 있나 봐요."

"동물이니까 그럴 수도 있겠다. 있든 없든 다 귀엽지만."

"네. 고양이 사진을 찍기 시작하면서 잘 관찰했는데요, 당연하지만 강아지랑은 전혀 다르더라고요. 애초에 개는 담 위에 앉아서 저를 보지도 않죠."

"개는 그렇게 훌쩍 뛰어오르지 못하니까. 타로도 몸이 투실

투실했는데도 테이블이나 의자 위로 가볍게 뛰어올랐어."

빼어나게 예쁜 고양이, 뾰로통한 애, 이쪽을 흥미진진하게 바라보는 애, 도망치는 중이라 통통하고 지저분한 엉덩이만 찍힌 애, 모두 귀여웠다. 아키코는 늘 그랬듯이 마음껏 고양이 사진을 감상하고 휴대폰으로 보내달라고 했다. 고양이 사진이 늘어 기뻤다.

"오늘도 잘 부탁드립니다."

"네, 잘 부탁합니다."

둘은 마주 서서 인사하고 문을 열 준비를 했다.

재료를 들이는 거래처에서 가격을 인상한다는 소리가 들렸다. 다들 규모는 작아도 정성을 다해 일하는 사람들이다 보니 농가 사람들도, 빵 공방 주인도 미리 상의라도 한 듯이 굉장히 미안해했다.

"저희도 같은 가격에 드리고 싶은데, 죄송해요. 정말 죄송합니다."

원재료 가격이 상승하거나 날씨에 따라 작황이 좌우되니 가격이 일정하지 않은 것은 어쩔 수 없다.

"그렇다고 아키코 씨 가게는 음식 가격을 올리진 못하잖아요?"

"네, 그건 그렇죠."

"그래서 이런 부탁을 드리는 게 너무 면목이 없네요."

다들 조금이라도 더 안전한 식재료를 제공하고자 일하는 사람들이다. 채소도 대량생산이 가능하지만 인위적으로 만들어 영양가가 없는 F1종이 아니라 고유한 토종 씨앗으로 재배한다. 빵도 직접 만든 천연효모로 발효해 굽는다. 손이 많이 가는 데다 과정 중에 뭔가 하나라도 빠지면 완전한 상품이 나오지 않는다. 대량생산을 할 수 없는 것이다.

"저는 괜찮아요. 앞으로도 잘 부탁드려요."

아키코가 그렇게 말하면 농가 사람도, 빵 공방 주인도 한시름 놓은 표정을 짓고는 고개를 꾸벅꾸벅 숙이며 고마워했다. 오히려 아키코가 미안했다. 본래 그들의 마음가짐이야말로 사람 입에 들어가는 먹거리를 만드는 사람이 갖춰야 할 자세인데, 요즘에는 내용물은 뒷전이고 무조건 대량생산을 해서 가격을 낮춰야 성공적이라고 본다. 수경재배도 있지만, 흙에 뿌리를 내리지 않고 태양 빛이나 기후 변화에 시달리지 않았던 채소가 과연 먹어서 맛있을까? 아키코로서는 의문이었다. 아키코는 신뢰하는 생산자들과 상부상조하며 일하고 싶었다. 다만 금전적인 면에서 조금 팍팍해질 것은 분명했다.

물론 전부 엄마가 가게를 남겨주어서 할 수 있는 일이다. 점포부터 찾아야 했다면 가게를 열 생각도 안 했을 테고, 요리학교 선생님에게 상담하지도 않았을 것이다. 인사부가 결정한 인사이동에 불평하면서도 출판사 경리부에서 일했을 것이다. 애정을 느끼지 못했던 엄마에게, 또 불륜이었지만 엄마가 자립할 수 있도록 지원해준 돌아가신 아버지에게도 감사해야 한다. 아키코는 커다란 짐을 들고 성큼성큼 앞서 걷는 시마 씨의 믿음직스러운 등을 바라보았다. 가게를 열지 않았다면 시마 씨와도 만나지 못했을 것이다. 인생은 어떤 식으로 정해지는 것일까, 아니면 그냥 자연스레 흘러가는 것일까. 아키코는 인생이 참 신기하다고 생각하며 빵이 든 케이스를 안고 시마 씨를 따라 가게로 들어갔다.

화요일 저녁, 무사히 일과를 마치고 문 닫을 준비를 하는데 찻집 아주머니가 왔다. 매번 하는 그 말을 들으리라 짐작하고 각오했는데, "아키코, 내일 쉬지? 시간 있어?"라고 갑자기 속사포처럼 물었다. 타로가 살아 있을 때는 휴일이 타로와 노는 날이었지만, 타로가 떠난 지금은 책을 읽거나 집안일을 하면 하루가 끝난다.

"네? 네. 특별한 일정은 없는데요."

"그래? 내일 우리 가게도 임시휴일이니까 우리 집에 와. 알 았지? 11시까지. 꼭 와."

"아주머니 집에요?"

"그래. 여기 약도를 그렸어. 헤매면 전화하고."

사람을 집에 초대한다면 좀 더 다정하게 말해도 될 텐데, 찻집 아주머니는 퉁명스럽게 말하더니 약도를 그린 종이를 아키코에게 반쯤 떠넘기고 찻집으로 돌아갔다.

"이, 네   ."

아키코는 가만히 약도를 보았다. 찻집 아주머니의 집은 상점가 가까운 역에서 급행을 타고 세 정거장 떨어진 곳에 있었다. 역에서 걸어가면 5분쯤 걸리는 아파트의 5층이었다. 종이를 들고 집으로 돌아와 사인펜으로 그린 약도를 차분히 살폈다. 그림도 꼼꼼하게 잘 그렸고, 곁에 적힌 글자도 깔끔해서 의외였다.

"그나저나 갑자기 뭐지? 무슨 일이 있으신가."

아키코는 엄마 앞에 조림 반찬을, 타로에게는 멸치를 놓으며 보고했다.

"내일 아주머니 집에 가기로 했어."

다음 날 아침, 창 너머로 찻집을 내다보니 '임시휴일'이라는 안내문이 붙어 있었다. 지금까지 아주머니의 찻집은 연말 연시 닷새와 오본(양력 8월 15일을 중심으로 지내는 일본 최대의 명절-옮긴이) 연휴 사흘만 쉬었다. 아르바이트 아가씨는 주에 이틀은 쉬는 것 같은데 아주머니는 계속 가게에 출근했다. 아주머니도 젊지 않으니 느낌상 좋은 이야기는 아닐 것 같아 마음이 무거웠다. 아키코는 조금이라도 기분이 좋아지길 바라며 꽃집에서 꽃다발을 샀다.

"저보다 연상이고 일하는 여자분께 드리려고요."

찻집 아주머니에게 드릴 거라는 말은 하지 않고 빨간 장미 위주의 자그마하지만 화려한 꽃다발을 만들어달라고 주문했다. 평일 오전에 급행 전철을 타는 사람들은 종점 근처에 있는 유원지에 아이를 데리고 가는 젊은 엄마들, 전철 노선에 있는 대학에 다니는 학생, 단풍으로 유명한 사찰에 참배하러 가는 고령자 정도였다. 자기 나이대가 가장 비율이 낮다고 생각하며, 아키코는 빠른 속도로 달리는 전철에 몸을 실었다.

찻집 아주머니의 아파트가 있는 역은, 바로 옆에 높은 빌딩은 있어도 다른 높은 건물이 없어 시야가 뻥 뚫린 듯 개방감이 있었다. 개를 데리고 산책하는 도중인지 벤치에 앉아 있는 사람들도 꽤 많았다. 아키코는 가방에서 약도를 꺼내 '두 갈래

길에서 오른쪽으로 꺾고 쭉 걸어서 왼쪽'이라고 적힌 아파트 위치를 확인하며 걸었고, 헤매는 일 없이 바로 도착했다.

아파트는 자동문도 없고 오래돼 보였지만 꼼꼼히 관리한 티가 났다. 입구 옆 게시판에 분리수거를 신경 써 달라는 관리인의 공지 등이 가지런하게 붙어 있었다. 엘리베이터를 타고 최상층인 5층 버튼을 눌렀다. 5층에서 내려 맨 끝에 있는 505호의 초인종을 눌렀다.

"나가요."

목소리가 들리고 문이 열렸다. 빨간 꽃무늬가 프린트된 회색 스웨트 소재 튜닉에 까만 레깅스를 입은 아주머니가 나타났다. 가게에서 일할 때처럼 꼼꼼하게 화장도 했다.

"헤매진 않았고?"

"네, 약도를 자세하게 그려주셔서요."

"뭐, 여길 오는데 헤매면 길치 중의 길치겠지만."

아주머니는 아키코에게 화려한 장미무늬 슬리퍼를 신으라고 권하고, 짧은 복도 끝에 있는 거실로 데려가 녹색 소파에 앉혔다.

"장미가 예뻐서 꽃다발을 만들어달라고 했어요. 받으세요."

아키코가 꽃다발을 건넸다.

"고마워라. 역시 장미는 예쁘네. 여기 꽂을까?"

아주머니는 텔레비전이 놓인 허리쯤 오는 캐비닛을 열어 아랫단에서 유리 항아리 형태의 꽃병을 꺼냈다.

"와, 잘 어울리는데요?"

아키코가 사온 꽃다발은 투명한 꽃병에 꽂혀 테이블 위를 장식했다. 테이블에는 코바늘로 레이스를 뜬 섬세한 테이블센터가 깔려 있었다.

"차를 가져올 테니 잠깐 기다려."

그러고는 부엌으로 갔다. 거실 벽 쪽에 통일감 있는 가구가 놓였고, 전반적으로 깔끔하게 정리돼 있었다. 물건이 적진 않았지만 필요하지 않은 것은 일절 밖에 내놓지 않았다. 아키코는 예의가 아니라는 것을 알면서도 다른 사람 집에 가면 책장을 살피는 습관이 있다. 텔레비전 옆에 쌍바라지 유리문이 달리고 위아래로 나뉜 커다란 캐비닛이 있었다. 위에는 장식품과 사진, 자잘한 인형 등을 놓았고 아래에는 파일이나 잡지 등이 꽂혀 있었다. 책은 맨 아래에 두었다. 아키코는 가까이 다가가 쪼그리고 앉아 책등을 살폈다. 『빙점』, 『마쓰시타 고노스케, 길을 열다』, 『올빼미의 성』, 『나라 훔친 이야기』, 『료마가 간다』, 『두뇌 체조』, 『관혼상제 입문』 등 모두 예전에 베스트셀러였던 책이다. 아주머니도 베스트셀러를 읽나 보다.

"역시 책에 관심이 많구나? 네가 가진 책의 백 분의 일에도 못 미치지? 다 옛날에 읽은 책이야."

아주머니가 녹차를 쟁반으로 받쳐 들고 돌아왔다. 그 말대로 책들은 누렇게 변색해 세월의 흔적이 보였다.

"시바 료타로를 좋아하시나 봐요?"

소파에 앉으며 아키코가 물었다.

"음, 그렇게 좋아하는 건 아닌데, 날 후원해주셨던 분이 좋아했어. 대화를 맞추려고 나도 공부했지."

아주머니가 후후 웃으며 아키코에게 옻칠한 접시에 담은 과자를 권했다. 가볍고 말랑말랑해 부담스럽지 않은 센베이였다. 아키코는 '후원해주셨던 분'이라는 말에 의문을 품었지만 파고들어 물어봐야 할지, 잠자코 있어야 할지 몰라 고민하면서 과자를 먹었다.

'그나저나 나는 왜 여기 있는 거지? 아주머니가 오라고 해서 온 거지만 애초에 왜 오라고 하신 걸까?'

전혀 짐작이 안 갔다. 어려서부터 알고 지낸 사람 집에 느닷없이 불려오다니, 왠지 겸연쩍었다.

"후원자의 심기를 거스르면 안 되거든."

아무래도 아주머니는 물어봐달라고 유도하는 것 같았다. 아주머니가 한 번 더 끌어당겼으니 물어보는 수밖에 없다.

"예전에 무슨 일을 하셨어요? 후원자라니."

물장사를 하는 사람의 과거는 시시콜콜 캐묻지 않아야 하지만, 지금 아주머니는 물어봐주기를 바라는 것 같다고 아키코는 판단했다.

"글쎄."

아주머니는 한숨을 쉬며 차를 한 모금 마시고 후후 웃었다.

"딱히 내세울 만한 일은 안 했어. 눈 깜짝할 사이에 나이를 이렇게 먹어버렸는데, 젊어서부터 쭉 물장사를 했어."

"아, 그래서 후원해주셨던 분이라고 하신 거군요. 그런 분이 계실 정도면 아주머니 인기가 아주 좋으셨나 봐요."

대놓고 캐물을 수 없고 상대방의 반응을 듣고 속을 떠봐야 하는 상황이어서 아키코는 열심히 머리를 굴렸다.

3

"인기? 하하, 인기라."

찻집 아주머니가 비스듬하게 위를 올려다보더니 조용히 중 얼거렸다.

"어, 저런 데 얼룩이 있네."

아키코가 뒤돌아보니 천장과 가까운 하얀 벽에 세로로 길 쭉한 갈색 얼룩이 희미하게 있었다.

"벽지 풀이 배어난 건가?"

"네, 그럴 수도 있겠어요."

아키코는 차를 한 모금 마셨다.

"인기 말인데, 가게에서 넘버원이 되는 애는 정말 대단해.

남자들이 우르르 몰려드는 게 차원이 달라. 남자들도 취향이 제각각이니까 나처럼 이상한 여자를 좋아하는 사람도 있었어."

"이상하다니요?"

"이상하지. 따지고 보면 내가 호스티스를 한 것 자체가 이상하잖아."

아키코가 출판사에 입사하고 3년쯤 지났을 무렵, 베스트셀러 작가와 미팅을 한 후, 그가 매주 사흘은 간다는 긴자의 바에 동행한 적이 있다. 상상했던 것처럼 호화로운 기모노나 드레스를 입은 빼어나게 아름다운 호스티스도 많았지만, 뜻밖에도 나이가 많고 평범하게 생긴 사람들도 있었다. 기모노를 입었지만 그 위에 앞치마를 걸치면 철판 앞에서 꼬치를 구울 것 같은 분위기여서, 마음 편하게 대할 수 있는 싹싹한 여자들이었다. 그들 중 간사이 지방 출신의 한 여자는 웃음소리가 호탕했고 말솜씨도 뛰어나며 남의 말도 잘 들어줬다.

아키코가 그 호스티스 이야기를 하자 찻집 아주머니는 자조적으로 웃으며 말했다.

"나도 그런 쪽이었는데 그 사람처럼 성격이 좋진 않았어. 하고 싶은 말은 다 했거든."

"그럴 리가요."

"아니야, 정말 그랬어."

아키코의 말을 곧바로 부정한 아주머니는 책장에 놓아둔 탁상시계를 보았다.

"요 근처 가게에 점심을 예약해뒀어. 싫어하는 음식은 없지? 슬슬 나가면 딱 맞겠어."

"네, 알겠습니다."

오늘은 찻집 아주머니가 하라는 대로 하는 날이다.

둘이 같이 집에서 나와 엘리베이터를 타고 어깨를 나란히 하고 걸으니 왠지 이상했다.

"동네가 조용해서 참 좋네요."

"아키코처럼 상점가에서 쭉 살던 사람한테는 오가는 사람이 없어 보이겠네."

"네. 인구 밀도가 낮은 것 같아요."

"그 상점가는 동네 사람들도 있지만 지방에서 관광하러 오는 사람도 많으니까. 장사하기엔 좋아도 조용하진 않아."

"그래도 저는 익숙해졌어요."

"그래? 하긴 그렇겠지."

아주머니는 아키코보다 반걸음쯤 앞서 걸었다. 가게에서 일할 때보다 보폭이 좁고 걸음도 느릿해 보였다. 아키코는 그때 처음으로 아주머니의 나이를 생각했다.

"여기서 오른쪽."

오른쪽 골목으로 들어서자, 아주머니의 아파트에서부터 3, 4분쯤 걸리는 주택가에 작은 가게가 덩그러니 있었다. 2층 목조건물이었는데 1층을 가게로 썼다. 작은 쌍바라지 창에 빨갛고 하얀 깅엄체크 커튼이 걸려 가게라는 존재감을 조용히 내세웠다.

아주머니는 "이탈리안 식당인데……"라고 혼잣말을 하고는 안으로 들어갔다.

"어서 오세요."

주방에서 고개를 내민 사람들은 단정하게 다림질한 하얀 옷을 입은 초로의 부부였다. 아키코는 두 사람을 보고 놀라 숨을 멈췄다. 두 사람 모두 온몸에서 선량함을 내뿜는 듯한 미소를 짓고 있었다. 아키코를 여러모로 도와준 요리 학교 이사장 선생님이 그렇듯이, 이렇게 우아하고 품격 있는 미소를 짓는 사람들이 또 있다니, 왠지 감동적이었다. 아키코는 마음이 편안해지면서 긴장도 순식간에 풀렸다.

이 식당은 아키코의 가게 'ä'와 거의 비슷한 크기였다. 카운

터에 세 자리, 2인용 테이블이 두 개, 4인용 테이블이 두 개씩 놓인 아담한 규모다. 안쪽 2인용 테이블에 나이 지긋한 부부가 오손도손 대화를 나누고 고개를 끄덕이기도 하면서 파스타와 채소 샐러드를 나눠 먹고 있었다.

"안녕하세요."

아마도 부인일 여자가 물수건과 메뉴를 들고 왔다. 온몸이 동글동글해 마시멜로를 떠올리게 하는 여자는 흰머리를 짧게 쳤고, 화장기 없는 얼굴에 붉은 립스틱을 발랐다. 옷깃이 높게 올라간 하얀 옷 아래에 살짝 광택이 도는 새틴 반바지를 입었고 신발은 구찌의 까만 에나멜 모카신이었다.

"이쪽은 아키코라고 해요. 우리 찻집 건너편에서 샌드위치랑 수프를 파는 가게를 하는데, 프로의 가게가 어떤 건지 가르쳐주고 싶어서 데려왔어요."

찻집 아주머니 말을 듣고 부인이 주방에 있는 남편을 돌아보며 말했다.

"어머나, 이를 어쩌지. 그럼 곤란한데. 그렇죠?"

"그거 곤란한데요. 본보기가 될 만한 게 전혀 없어서."

남편도 웃어 보였다.

"그럼 천천히 고르세요."

부인은 물수건과 메뉴를 놓고 금방 물러나 주방과 플로어 사이에 섰다. 그러다가 주방을 들여다보고 안으로 들어가 남편 옆에서 뭔가 작업을 하더니 다시 주방과 플로어 사이로 돌아왔다. 저 자리에 서서 안팎을 두루 살피고 돌보는 모양이다.

"여긴 전부 맛있으니까 좋아하는 걸로 골라. 나는 모든 메뉴를 몇 번이나 먹어봤어. 처음부터 끝까지 먹어보고 싶어서 올 때마다 다른 메뉴를 시켰더니 다 먹게 되더라고. 그런데도 안 질린다니까. 이 가게는 참 신기해."

"그래요? 정말 다 먹어보고 싶어요."

찻집 아주머니는 아키코의 주문을 기다리지 않고, 나눠 먹으면 다양하게 먹을 수 있다며 부인에게 총 여섯 가지 메뉴를 주문했다.

"양은 다 적게요. 피자는 그냥 주셔도 되는데 다른 건 알아서 조절해주세요. 아, 디저트는 없어도 되고요."

"네, 알겠습니다. 부족하면 언제든 말씀하세요."

"음, 부족하진 않을 것 같아요."

찻집 아주머니의 말을 들은 부인은 사람 좋게 웃어 보이고 주방으로 들어갔다.

이 식당의 분위기는 'ä'와는 대조적이었다. 빨갛고 하얀 깅

엄체크 커튼도 그렇고 테이블보도 붉은색이다. 가게 한쪽에 놓인 키 큰 관엽식물이 초록색이어서 전체적으로 이탈리안 컬러였다. 나무로 만든 진열장에는 역시 나무로 만든 장난감이 놓였다. 네 발로 선 고양이나 사자 장난감인데, 뒤에 달린 버튼을 누르면 픽 쓰러졌다가 버튼에서 손가락을 떼면 금방 다시 네 발로 선다. 어렸을 때 저런 장난감이 집에 있었다. 엄마가 사준 기억은 없었고, 어쩌면 '가정식 가요'의 손님에게 받았을지도 모른다. 벽에는 그림 액자나 예쁜 그림이 그려신 섭시가 걸려 따뜻함이 물씬 느껴졌다. 오래되었지만 깔끔한 이 가게가 아키코는 마음에 들었다.

"가게가 멋있어요. 이런 곳이 있는 줄 몰랐어요. 요즘은 아무리 작은 가게라도 텔레비전이나 잡지에서 다루는데."

"네 가게도 여기저기 소개되는 것 같더라."

"그 상점가에 있으니까 눈에 띄나 봐요. 그냥 그래서예요. 원래 새로운 가게는 취재 대상이거든요."

"흠, 그런가?"

"어디에 소개되면 손님들이 우르르 몰려오는데, 대부분 금방 질려서 또 새로 생긴 가게로 가요. 그런 일이 반복되죠. 그런데 여기는 그런 정신없는 분위기에 삼켜지지 않고 기적적으로 살아남은 느낌이에요."

찻집 아주머니는 지금 아파트로 이사를 온 이후에 식사할 만한 곳이 없는지 주변을 산책하며 계속 찾았고, 그로부터 8년 후에 문을 연 이 가게와 만났다.

"그렇게 만난 곳이 이런 훌륭한 식당이었네요."

"그렇지."

대화를 나누는 도중에 요리가 우르르 나왔다.

"미안해요, 한꺼번에 다 가지고 와서."

요리를 들고 온 부인이 사과했다.

"아저씨가 솜씨를 멋지게 발휘하셨네요? 그럼 우리도 뒤처지지 않게 열심히 먹어야지."

기본 중 기본인 카프레제는 어디에서 먹든 다 똑같은 맛인 줄 알았는데, 반으로 자른 미니토마토를 쓴 이 가게의 카프레제는 바질, 모차렐라치즈, 미니토마토 각각의 맛이 고스란히 살아 있어 감탄이 나왔다.

"이 바질이랑 미니토마토는 두 분이 텃밭에서 키운 거야. 바질 향이 대단하지?"

"강렬한 향을 맡으면 허브는 역시 채소다 싶어요."

"호불호가 갈리겠지만 채소든 뭐든 역시 이 정도 향은 나야 먹는 재미가 있지. 요즘은 이런 채소를 보기 힘들지만."

"소비자가 채소 본연의 풋내를 싫어해서 그런 종을 잘 키우지 않는다고 들었어요."

"흥, 하여간 무슨 생각들인지 몰라."

찻집 아주머니는 투덜대며 주키니 튀김, 포르치니버섯 파스타, 마리나라소스 피자 한 조각을 차례차례 먹었다. 아키코에게도 맛있다며 권했다. 정어리를 레몬즙에 절여 만든 마리네는 소금과 올리브오일로만 맛을 냈는데도 맛있었고, 돼지고기 우유조림은 건포도와 잣이 들어가 깊은 맛이 느껴졌다.

"이것도 맛있어요."

"이 가게 메뉴는 맛없는 게 없어."

둘 다 앞에 나온 음식을 먹느라 대화도 거의 나누지 않았는데, 아키코가 문득 고개를 들어보니 가게 안은 어느새 동네 사람들로 가득 차 있었다. 주방 진열장에는 각종 올리브오일과 소금이 쭉 놓여 있었다. 세계 각국의 돌소금, 천일염을 요리에 따라 나눠 쓰나 보다.

"정말 배부르다. 이것만 마시고 집에 갈까."

부인이 내준 식후에 어울리는 에스프레소를 마시고, 다정다감한 부부의 미소로 배웅을 받으며 둘은 식당을 나왔다.

"저 가게는 커피도 맛있어. 마지막까지 소홀히 하지 않는 점이 참 좋아."

찻집 아주머니는 하늘을 올려다보며 성큼성큼 걷더니, 갑자기 길을 건너 반대쪽 인도로 갔다. 어리둥절해진 아키코가 아주머니를 쫓아가자, 화단을 만들어 나무를 심어놨지만 공원이라고 하긴 어려운 좁은 공터가 나왔다.

"여긴 고양이들 놀이터야."

아주머니가 목소리를 낮추고 가리킨 곳을 보니 화단 구석에 검은색과 갈색이 섞인 카오스 고양이가 있었다.

"저기 나무 아래에도 있고."

그곳에는 새까만 고양이가 앉아 가만히 이쪽을 보고 있었고, 두 사람이 안으로 들어가도 고양이들은 도망치지 않았다. 잘 보니 두 마리 다 당초무늬 천을 가느다랗게 꿰매 만든 목걸이를 하고 있었다. 그러나 털 상태를 보니 집에서 사는 고양이가 아니라 길고양이 같았다.

"이리 온."

아키코가 쪼그리고 앉아 말을 걸자 먼저 카오스 고양이가 "야옹, 야오오옹" 하고 덩치만 봐서는 상상하기 어려운 높고 사랑스러운 목소리를 내며 달려왔다.

"아이, 착해라."

카오스는 아키코의 손가락 냄새를 열심히 맡더니 날름날름 핥았다.

"아, 피자 맛이 나는구나? 미안해, 아무것도 안 가져와서."

그 모습을 지켜보던 까망이도 "야옹" 하고 울며 다가왔다. 아키코의 등 뒤로 돌아가 몸을 열심히 비볐다. 오랜만에 느끼는 고양이의 행동과 체온이었다.

"둘 다 착하구나? 밥은 먹었니? 어머, 배가 이렇게 빵빵하네?"

고양이를 돌보는 사람이 밥을 줬는지 두 마리 모두 배가 불룩했다. 아키코의 냄새를 확인한 고양이들은 이번에는 마사지를 요구했다. 카오스가 벌러덩 누워 앞발을 구부리고 '잘 부탁해요' 자세를 취하자, 까망이도 똑같이 흉내 내 벌러덩 누웠다.

"이를 어쩜 좋아?"

아키코가 들고 있던 가방을 바닥에 내려놓고 오른손으로 카오스, 왼손으로 까망이의 배를 쓰다듬어주자, 두 마리가 기뻐하며 "야앙, 갸아아앙", "우웅, 그으으응" 하고 탄성을 내지르며 앞발로 얼굴을 마구 문질렀다.

찻집 아주머니는 쓴웃음을 지으며 팔짱을 끼고서 아키코를 지켜보았다. 마사지를 한참 해주자 두 마리 모두 만족했는지 몸을 일으켜서 아키코도 가방을 들고 일어났다.

화단 구석에 고양이집이 오른쪽에 하나, 반대쪽에 두 개가 놓여 있었다. 택배 상자에 일부러 카무플라주 무늬의 방수시트를 붙여 만든 것이다.

"저런 무늬로 만들다니 특이하네요."

"고양이를 싫어하는 사람도 있으니까 눈속임하려는 목적이겠지. 얼핏 보면 잘 모르잖아. 저 고양이집은 바람막이까지 달려 있네. 바람이 세게 불거나 비가 오는 날이면 누가 내려주고 날이 좋아지면 다시 올려주는 모양이야. 고양이가 직접 하진 않을 테니까."

아키코는 날이 꾸물꾸물해지면 카오스와 까망이가 앞발로 허둥지둥 바람막이를 내리는 모습을 상상하고 미소를 지었다.

"까만 고양이는 새끼가 있었을 텐데. 석 달 전에 작은 고양이가 같이 있는 걸 봤어."

아키코가 가만히 고양이집을 들여다보자 아직 다 크진 않았어도 제법 성장한 새끼가 눈을 동그랗게 뜨고 아키코를 올려다보았다. 까망이가 달려오긴 했지만 위협하진 않았다.

"새끼는 아니고 청소년 정도로 컸는데, 그래도 귀엽네요."

"어린 고양이는 얄미울 정도로 귀엽지."

찻집 아주머니가 성큼성큼 공원을 나서서 아키코도 허둥지둥 쫓아갔다. 계속 머물고 싶었지만 그럴 순 없었다.

아주머니의 뒷모습을 바라보며 왜 여기로 데려왔을지 의문을 품었다. 아주머니에게는 타로가 죽었다는 소식을 직접 전하지 않았는데 시마 씨가 말했을 가능성은 있다. 하지만 시마 씨는 무의미한 수다를 종알종알 떠드는 타입이 아니니 아주머니가 직감으로 알아차렸을지도 모른다. 사랑하는 타로를 갑자기 잃은 아키코의 마음을 위로해주려고 일부러 멀리 돌아 여기로 데려왔을까. 아니면 아키코가 고양이를 좋아하니까 단순히 데려온 것일까. 하지만 사정을 모른다면 타로는 잘 지내는지 물어보지 않았을까? 아주머니가 타로에 대해 일절 묻지 않는 것을 보면 역시 타로가 죽은 걸 알고 있나 보다.

'고맙습니다.'

아키코는 아주머니의 등에 대고 감사하는 마음을 전했다.

타로를 잃은 슬픔이 아키코의 집 안에서는 일상생활에 포함되지만, 다른 곳에서는 그저 참는 수밖에 없다. 아키코는 타로의 활짝 벌어진 콧구멍이나 동그랗고 뭉툭한 앞발을 떠올리고는 울음을 꾹 참으며 아주머니를 따라갔다.

길을 건너 아주머니의 집으로 돌아왔다.

"난 간식을 준비할 테니까 그동안 집 안 탐색이라도 해."

"어, 괜찮아요?"

"흥미가 있으면 해. 나는 어딜 들여다봐도 괜찮아."

아주머니는 가슴을 당당하게 펴 보였다.

"이런 게 미국 스타일이라더라. 예전에 미국인 집에 놀러 간 적이 있는데 방을 전부 안내해줘서 깜짝 놀랐어. 일본인은 잘 안 그러잖아."

둘러보라고 해도 기다렸다는 듯이 닫힌 문을 열 용기는 없었다. 아키코는 처음 이 집에 왔을 때와 마찬가지로 아주머니를 후원해주었다는 사람의 취향에 맞는 책이 꽂힌 진열장 앞에 쪼그려 앉았다.

책을 살펴보던 아키코는 황홀경에 빠질 만큼 좋은 커피 향을 맡았다. 그런데 아주머니의 가게에서 나는 향과는 조금 달랐다. 어쨌든 기분을 들뜨게 하면서 한편으로 침착하게 해주어 빨리 몸속에 넣고 싶다는 강렬한 욕망을 부추기는 향인 것은 둘 다 똑같았다. 곧 그윽한 향이 나는 커피가 아름다운 잔에 담겨 큼지막하게 잘린 시폰케이크와 함께 나왔다.

"와!"

아키코는 자기도 모르게 환성을 질렀다. 향긋한 커피, 폭신폭신한 시폰케이크만으로도 기쁜데 식기가 정말 아름다웠다.

"자, 마음껏 먹어."

"맛있겠어요. 식기도 멋있네요. 이거 세브르 도자기죠?"

"어, 바로 아네?"

아주머니는 알아주어 기쁜지 미소를 지었다.

"출판사에 다닐 때, 요리를 좋아하는 각국 여자들이 자기 나라의 요리를 소개하는 콘셉트의 책을 만들었는데 돈 많은 프랑스인 부인이 음식을 세브르 도자기에 담아서 사진을 촬영한 적이 있어요."

"내 건 오래됐어. 두 쌍밖에 없고. 아까 말한 후원자가 자기 거랑 내 거로 쓰자고 선물해줬어."

"와, 호화롭네요."

"사업하면서 어쩌다 얻었겠지, 뭐. 그런데 그 사람, 위장이 안 좋아서 의사가 커피를 금지했어. 이 커피잔에다가 더운물을 부어서 마셨다니까."

어디까지 파고들어야 할지 또 곤란해져서, 조금 전에 식사를 마쳤는데 군침이 고일 정도로 맛있어 보이는 눈앞의 커피와 케이크에 일단 손을 뻗었다. 커피를 한 모금 마시자 풍성한 향이 콧속에 퍼지더니 머리 위로 사르륵 올라갔다. 어깨 근처가 부드럽게 풀리는 기분이었다.

"아아, 맛있다."

아키코가 감탄하자 아주머니도 케이크에 손을 뻗었다.

"음, 잘 구워졌네."

"이것도 아주머니가 구우셨어요?"

"응. 쉬우니까."

"시폰케이크는 어렵잖아요. 머랭을 단단하게 치는 것도 그렇고, 생지랑 섞는 것도 쉽지 않고요."

"그런가. 조리법대로 하면 만들 수 있잖아."

"그래도 잘 만들려면 어려워요. 특히 시폰케이크는 금방 오므라드니까요. 제과야말로 '적당히'가 통하지 않는 요리예요."

열심히 말하던 아키코는 오히려 그렇기 때문에 찻집 아주머니가 시폰케이크를 잘 굽는지도 모르겠다고 생각했다.

"음, 괜찮네."

아주머니는 만족스럽게 고개를 연신 끄덕였다.

"아줌마는 뭐든 잘하시네요."

아키코는 세브르 커피잔을 들고 솔직하게 말했다.

"응? 갑자기 무슨 소리야. 잘하긴 뭘, 아니야."

"하지만…… 음식점은 요즘 들어 특히 부침이 심하잖아요. 상점가 가게들도 자꾸만 바뀌고요. 그런데도 아주머니는 예전부터 지금까지 커피 수준을 유지하고 꾸준히 일하시는 게 정말 대단해요."

"아니라니까 그러네! 얘도 참."

칭찬을 듣기 싫다고 거부하니 아키코도 입을 다물 수밖에 없었다. 한동안 두 사람이 쓰는 은 포크 소리, 간을 받침대에 놓는 짤그랑 소리만 들렸다. 아키코는 뚝 끊긴 대화의 물꼬를 트려고 안절부절못했다.

"아주머니는 저희 엄마 얘기, 뭐 들은 거 없으세요? 소문 같은 거요."

찻집 아주머니가 어리둥절한 표정으로 고개를 들었다.

"소문?"

아키코는 가만히 고개를 끄덕였다.

"소문이라……. 지금은 달라졌지만 우리가 젊었을 때만 해도 여자가 혼자 가게를 하면 백발백중 사정이 있었어. 첩이네 뭐네 별소리를 다 들었지. 나도 가요 씨처럼 혼자 가게를 꾸리느라 바쁘기도 했고, 미안한데 솔직히 흥미가 없었어."

"그러셨구나."

"그래도 넌 착하고 귀여웠어. 그건 부러웠지."

"착하다니, 아니에요. 저는 엄마 가게를 싫어했는걸요."

처음으로 남에게 엄마 가게를 싫어했다고 솔직히 말했다.

"그런데 그 착한 애가 왠지 애처롭더라. 보다 보면 가끔 안타까웠어."

공부를 잘하고 예의 바른, 판에 박은 듯한 우등생이라서 안쓰러웠다고 아주머니가 말했다. 아키코는 그 당시 자신을 불쌍하다고 여긴 적은 한 번도 없었다. 그저 공부를 잘하고 예의 바르게 굴면 엄마가 이러쿵저러쿵 간섭하지 않으리라는 꿍꿍이가 있었다.

"전 속이 시커먼 애였어요."

"애들은 원래 다 속이 시커메. 나야 키운 적이 없으니 모르지만."

아주머니가 호탕하게 웃었다.

"아주머니는 언제부터 호스티스였어요?"

아주머니의 표정이 풀어진 틈을 노려 아키코가 줄곧 궁금했던 것을 물었다.

"원래는 번화가에 있는 고등학교를 졸업하고 가구점에서

사무원으로 일했어."

"아, 그러셨어요?"

놀랐더니 아주머니가 자기도 고등학생일 때가 있었다고 농담처럼 말했다. 당연하지만 상상이 되지 않았다.

"취직하고 반년쯤 지나서였나, 아버지가 교통사고로 돌아가셨어. 엄마는 전업주부였으니까 내가 가장 역할을 떠맡았지. 게다가 여동생 둘 중에 중학생이던 큰애가 중병에 걸려서 치료비도 필요했어. 그래서 열아홉 살 때 밤거리로 나간 거지."

딸이 물장사를 하겠다는 말을 꺼내면 일반적인 부모는 낙담하거나 말릴 테지만, 아주머니의 어머니는 이런 딸이라도 받아주는 곳이 있다면 일하라고 찬성했다.

"그런 일에는 관심도 없었고 스무 살도 되기 전이어서 괜찮을까 싶었는데 월급 수준이 달랐어. 그때는 지금처럼 단속이 심하지 않았으니까 지방에서 올라온 그럭저럭 예쁘장한 애들은 대부분 나이를 속이고 일하기도 했고. 담배나 술도 다 괜찮았어. 인기가 없어도 손님 옆에 앉아만 있으면 팁이나 월급이 알아서 척척 들어왔지. 그래도 검소하게 살았어. 집밥을 먹으면서 집에서 출퇴근했다니까. 그래서야 후원자도 안 붙지."

아주머니는 자긴 예쁘지 않은 덕분에 다른 인기 있는 호스티스의 적개심 어린 시선을 받지 않았다고 했다.

"좀 귀여운 애들은 힘들어했어. 괴롭혔거든. 인기가 생긴다 싶은 애가 있으면 사물함에 넣어둔 드레스를 가위로 자르고 구두도 버리고 그랬어. 다행히 나는 넘버원 호스티스의 대타로 손님 옆에 앉아도 뭐라고 하는 사람이 없었어. 손님들이 나한테 넘어올 리가 없으니까 호스티스들도 자신 있었던 거겠지. 시키는 대로 고분고분 일했더니 귀여워해주더라. 매번 도와줘서 고맙다면서 예쁜 캔에 든 외제 쿠키를 선물해준 적도 있었어. 집에 가져가서 가족들이랑 둘러앉아서 먹었지."

"그래도 아주머니를 후원하신 분도 있었잖아요."

"그냥 특이한 사람이었어."

아주머니가 웃었다.

"그렇지 않아요. 역시 아주머니의 매력이⋯⋯."

"매력? 나는 모르겠다. 그래도 일은 최선을 다해서 했어. 싫은 일이 있어도 고용되어 일하는 몸인 데다 동생 치료비도 대야 하니까. 꾹 참고 방긋방긋 웃었어. 그런데 내 후원자는 전부 꿰뚫어 봤는지, 뭘 그렇게 꾹 참느냐고 얘기하시더라. 나도 참, 그거에 홀라당 넘어가서는⋯⋯."

아주머니가 머리를 긁적였다. 그 모습이 귀여워서 아키코는 쿡쿡 웃었다.

"뭐야."

"아니요, 그냥 아주머니가 귀여워서요."

"어휴, 무슨 소리야."

말은 그렇게 해도 내심 좋아하는 티가 나서 또 귀여웠다. 스물두 살 때 그 '후원자'가 생겨 가게에 올 때마다 지명해주었다고 한다. 그는 당시 예순 살로, 돌아가신 아주머니의 아버지보다 연상이었다.

"나는 집에서 출퇴근했으니까 생활비는 안 받았어. 옷이나 구두, 가방은 받았지만. 그래도 한 달에 두 번, 유명한 장어 요릿집에서 우리 집으로 최고급 장어구이 도시락을 보내줬어. 그때는 동생도 병원에서 퇴원할 수 있는 날이 있었거든. 내가 그 얘기를 했더니 배달시켜준 거야. 정말 고마웠지. 엄마도 이게 다 언니 덕분이라고 말했고. 그런 걸 왜 받았는지 다 알았을 텐데."

그 남자는 2년 후에 세상을 떠났다.

"인기 있는 호스티스는 순서를 대기하는 손님도 있었지만 나는 없었어. 취향이 독특한 사람이 그렇게 많을 리 없지. 지명료가 안 들어오니까 술을 마셔서 가게 매출을 올리는 방법

뿐이었는데, 퍼마시다 보니 간이 상했어. 그래서 밤일을 그만둔 거야. 여동생도 내가 입원해 있는 동안 죽었고. 그때 뭔가 깨달았을지도 몰라. 너무 가슴이 아프더라고."

아주머니는 벽을 멍하니 쳐다보았다.

"갑자기 돌아가시면 괴롭죠."

"응, 허무하고. 심장에 구멍이 뻥 뚫린다는 말 있잖아, 그거 과장이 아니라 진짜야."

둘은 잠시 말없이 케이크를 먹고 커피를 마셨다.

"정말 맛있어요."

아키코가 진심을 담아 말했다.

"그래? 다행이네."

촉촉하고 폭신폭신해 시폰케이크의 교과서라고 해도 좋은 완성도였다.

"저요, 요즘 가게를 언제까지 할 수 있을지 생각해요. 개업 초기와 비교하면 손님도 줄어들었거든요. 그래서 자꾸 생각만 많아지는 것 같아요."

"뭐? 아키코, 가게를 열고 5년이나 10년이 지난 것도 아닌데 무슨 소리야. 그런 생각은 하는 것 자체가 금지야!"

"앗, 그런가요……."

"당연하지. 그것도 다 응석이야."

"죄, 죄송합니다."

아키코는 소파 위에서 몸을 잔뜩 움츠렸다.

"그런 건 내 나이쯤 됐을 때 생각하기 시작해야지."

아주머니는 막내 여동생이야 결혼해서 이러니저러니 말은 많아도 행복하게 살고 있고, 찻집은 혼자 꾸리는 가게니 언제 그만둬도 좋다고 점점 기어드는 목소리로 말했다.

"안 돼요. 아주머니가 가게에 나오지 않으시더라도 나든 사람한테 물려주면 되잖아요."

"내가 그럴 수 있겠어?"

아주머니가 조용히 말했다. 예전에는 가게를 열고 싶다는 지원자도 있어서 몇 명쯤 고용했는데, 실력이 어중간해 맛있는 커피를 내리지도 못하면서 중간에 가게에 나오지 않았고, 나중에 가게를 열었다는 소문을 들었다고 한다.

"인사도 없이 잔뜩 폐만 끼치고 가버린 인간이 내리는 커피가 제대로 됐을 리가 없지. 만드는 사람이 올곧아야 올곧은 게 만들어지는 법이야. 나는 몸을 추스른 후에 술도 담배도 끊고 찻집에 취직해서 커피를 배웠어. 호스티스로 일할 때는 욕을 먹은 적이 없는데, 그때는 주인한테 매일 같이 욕이란 욕은 다

들었지. 그나저나 요즘 젊은 사람들은 참을성이 없어. 자기 능력을 무턱대고 과신하는 것들이 너무 많아."

그때 이후로 가게를 열고 싶다는 사람은 전부 거절하고 단순 보조 아르바이트로 쓸 젊은 여자만 고용했다고 한다.

"그런데도 행동거지를 지도하기가 힘들어."

아키코는 폴짝폴짝 뛰며 배달을 다녀오던 아주머니 가게에서 일하는 아가씨를 떠올렸다.

"저는 느닷없이 일을 시작해버렸죠. 근성이 아예 없어요."

"음, 뭐. 그야 그렇겠지."

어설프게 위로하지 않아 오히려 마음이 편했다.

"그래도 시마 씨도 있으니까 책임감을 느껴요."

찻집 아주머니는 아키코의 얼굴에 구멍이라도 뚫을 기세로 쳐다보았다.

"그래서?"

"네?"

"잘 알고 있잖아, 책임이 있다는 걸. 가게에서 일하는 종업원에게도, 돈을 내주는 손님에게도 책임이 있어. 그것뿐이야. 남은 답은 하나지."

"아, 네……."

"네 가게는 괜찮다느니 뭐니, 내가 가볍게 말할 순 없지만 그래도 몸을 움직여서 성실하게 하면 어떻게든 돼. 내가 해줄 말은 이게 다야."

아주머니는 아키코의 커피잔을 보더니 벌떡 일어나 부엌으로 갔다. 몸에 쌓인 무거운 공기가 밖으로 스르륵 빠져나오게 만드는 듯한 향긋한 커피 향이 또다시 퍼졌다.

"가게의 커피 향도 좋은데 이건 향이 다른 것 같아요."

"똑같은 원두야. 아마 가게에서는 담배를 피우는 손님이 많으니까 공기랑 섞여서 다르게 느껴지는 걸 거야."

아키코는 아주머니의 집에서 내려주는 커피 향이 마음에 들었다. 단순히 좋은 향이 아니라 무게감이 느껴지는 깊은 향이었다.

"아주머니의 인생이 담긴 향이에요."

커피를 두 잔째 마시며 아키코가 말하자 아주머니가 "뭐야?" 하고 질색하는 표정을 지었다.

"이상한 소리 좀 그만해. 정말 특이한 애라니까."

아주머니는 쑥스러운지 아키코의 시선을 피해 접시에 남은 케이크를 먹었다.

4

아키코는 시마 씨에게 아주머니 집에 가서 같이 밥을 먹었다고 알리지 않았다. 비밀로 하고 싶어서가 아니라 사적인 얘기까지 굳이 나서서 말할 필요가 없다고 생각했다. 시마 씨도 남의 사생활에 흥미를 보이고 사사건건 파고드는 타입이 아니니 괜한 얘기는 할 필요가 없을 것이다.

시마 씨와 함께 일하는 일상은 변함없었다. 시마 씨는 여전히 매일 아침 남자처럼 옷을 입고 출근한다. 자느라 헝클어진 뒷머리를 볼 때마다 '아가씨가 참'이라고 생각하지만, 그런 점까지 포함해 매력적인 사람이다. 요즘은 거래처 사람들 사이에서도 시마 씨가 인기여서 이런 말을 듣기도 했다.

빵과 수프,
고양이와 함께하기
좋은 날_둘

"좋은 직원을 구해서 다행이에요. 둘이 일하는데 한 명이 무능하면 최악이거든요. 쉽게 자를 수도 없고."

그럴 때마다 시마 씨는 "으악" 하며 몸을 잔뜩 웅크리고 꾸벅꾸벅 인사할 뿐이었다.

"정말 도움이 많이 돼요. 시마 씨가 없었다면 일찌감치 문을 닫았을 거예요."

아키코가 웃으며 말하자 시마 씨가 점점 더 안절부절못하며 얼굴을 붉혔다.

"그, 그렇지…… 않은데……."

시마 씨는 지나치게 수다를 떠는 일도 없고 필요 이상으로 친한 체도 하지 않았다. 채용 면접을 보러 왔을 때와 똑같은 순박함으로 모두에게 좋은 인상을 주었다.

"시마 씨는 아직 젊잖아. 앞으로 어떻게 할지 생각해봤어?"

수프에 넣을 양파를 썰며 아키코가 물었다. 가게에서는 순한 양파가 아니라 눈물을 연신 짜내는 강한 양파를 쓴다. 그러다 보니 울고 싶지 않아도 한동안 눈에 눈물을 가득 매달고 있어야 한다.

"지금은 딱히 모르겠어요. 여기에서 일한 지 좀 됐지만 뭐든 다 할 줄 아는 것도 아니고 자꾸만 실수도 하고……. 아직 배우는 중이에요. 미래는 앞으로 생각해야죠."

"어? 실수한 적이 있었나? 기억 안 나는데. 나이를 먹어서 잊어버렸나?"

아키코는 고개를 갸웃거렸다.

"그게, 음, 그게 꽤 많이……."

시마 씨가 거북이처럼 목을 움츠렸다.

"어라, 그랬어? 예를 들면 어떤 실수를 했는데?"

"주문을 받고 메모까지 했는데 어느 손님이 주문한 건지 갑자기 잊어버린 거예요. 일하다 보면 순간 머릿속이 새하얘질 때가 있어서요."

"그런데 주문도 잘 들어왔고, 손님을 불편하게 하진 않았잖아?"

"네. 죄송하지만 다시 여쭤볼 수밖에 없다고 각오하고서 쟁반을 들고 갔는데, 손님 중 한 분이 '아, 내 베이글 나왔다'라고 말씀해주셔서 진짜 다행이었어요."

"그랬구나."

아키코가 눈물 어린 눈으로 웃었다.

"작은 가게니까 당연히 테이블을 착각하면 안 돼. 파는 메뉴도 기본 중 기본이잖아. 쟁반을 들고 가서 어느 분이 주문하신 음식이냐고 물어보는 건, 겨우 그 정도 주문도 기억하지 못한 다고 증명하는 셈이니까 손님한테 굉장한 실례야."

아키코는 시마 씨를 차근차근 타일렀다. 지금까지 별다른 문제가 없어서 신경 쓰지 않았는데, 알고 보니 위태위태한 적이 있었나 보다.

"그거 말고 또 무슨 일이 있었어?"

"자리가 꽉 찼을 때 주문을 받고 메모도 했는데, 테이블 번호를 깜빡하고 안 써서 어딘지 기억해내느라 고생했던 적도 몇 번 있어요."

"어머, 충격적인 고백이야."

"그때그때 제가 보고했으면 좋았을 텐데 무사히 지나가서 혼자 안심했어요. 정말 죄송합니다."

시마 씨가 고개를 푹 숙였다.

"사과는 안 해도 돼. 도중엔 위험하다 싶었어도 결국 문제가 생기진 않았으니까. 나야말로 매일 문을 닫기 전에 무슨 일이 있었는지 확인했으면 좋았을 텐데. 겉으론 보이지 않는 시마 씨의 마음도 내가 확인해야 했어. 실수한 걸 솔직히 말하면 더 조심하게 되고 마음도 편해지지? 실수를 저질렀다고 계속 속에 담아두면 힘들잖아. 내가 미처 신경을 못 썼어. 미안해."

"앗, 아니에요. 그런 일도 제대로 못 하는 제가 한심하죠. 초등학생이라도 할 수 있는 일인데."

"사람은 누구나 실수하는 법이야. 실수는 어쩔 수 없지."

아키코는 반성했다. 시마 씨는 그동안 차마 말하지 못하고 조마조마해하며 일해 왔을 것이다. 앞으로는 매일 가게 문을 닫기 전에 "오늘은 무슨 일이 있었습니까?" 하고 되돌아보는 시간을 갖기로 했다.

"네. 보고해야 할 실수를 저지르지 않도록 조심할게요."

그렇게 하자고 제안하자 시마 씨도 고개를 끄덕였다.

"잘 부탁드립니다."

둘 다 눈물을 글썽인 채 마주 서서 인사하고, 다시 재료 준비를 시작했다.

수프도 거의 완성됐고 식빵, 바게트, 베이글, 뤼스티크 재고도 확인을 마쳤다. 전성기 때보다 손님이 줄어들어 재료가 부족하면 어떡하나 불안해하지 않아도 되었다. 손님이 많이 와주면 감사하지만 이런 소규모 가게에는 여러 장단점이 있다.

식기를 확인하려고 아키코가 찬장을 점검하는데 등 뒤에서 시선이 느껴졌다. 돌아보니 찻집 아주머니가 창에 얼굴을 바짝 붙이고 무표정하게 이쪽을 쳐다보고 있었다.

'왜 그냥 들어오지 않으시고? 아주머니도 특이하셔.'

아키코는 웃음을 꾹 참고, 문을 열어 인사했다.

"어제는 감사했어요. 정말 즐거웠어요."

아주머니는 꼭 화가 난 것 같은 쑥스러운 표정을 지었다.

"아, 음, 그건 됐어. 그보다 잘돼가?

아직 가게 문을 열지도 않았으니 잘될 것도 없지만 아키코는 대답했다.

"네, 평소랑 똑같이요."

"음, 평소랑 똑같다고? 그래. 그럼 됐네."

출퇴근용 옷이 아니라 가게에서 일할 때 입는 옷으로 갈아입은 찻집 아주머니는 그대로 자기 가게로 들어갔다. 아키코를 집까지 초대했으면서 친밀하게 굴지 않는 점이 아주머니답다고 생각했다. 찻집이 문을 더 일찍 여니 이미 안에 손님이 있을 것이다.

그날은 유난히 손님이 적었다. 아키코는 시마 씨에게 "오늘 웬일이지?"라고 물으려다가 퍼뜩 놀라 입을 다물었다. 오늘이 특이한 것이 아니라 앞으로는 이 정도가 평균이 될지도 모른다는 생각이 스친 것이다.

출판사에 다니던 시절, 꾸준히 잘 팔리다가 어느 순간 갑자기 판매량이 떨어지는 책이 나오곤 했다. 어떤 것이든 영원히 팔리진 않지만, 그런 낌새조차 눈치채지 못하고 있던 책이었다. 영업부에서 판매량 리스트를 받고 무슨 일인가 고민할 때는 이미 늦은 것이다. 내용은 정말 훌륭한 책인데 아키코의 희망과 반대로 서점에 놓아도 팔리지 않아 반품되는 수량이 늘었고, 그 재고는 결국 움직이지 않았다. 미리 낌새를 알아차렸다면 영업부나 홍보부 담당자와 논의해 이벤트를 기획하는 등 어떻게든 손을 쓸 기회가 있었을 텐데 안타까웠다.

현실은 매번 예측할 수 없다. 손님이 많이 찾아와 즐거워했던 것도 꿈이 아닌 현실이었지만, 그 현실이 오늘, 내일, 내일모레로 쭉 이어진다는 보장은 없다. 오늘 일은 오늘로 끝이다. 내일은 어떻게 될지 고민하는 것도 무의미하다. 내일 일은 내일이 되지 않으면 알 수 없고, 미리 고민하면 그만큼 자신 안에 부정적인 감정이 늘어날 뿐이다. 오늘 할 수 있는 일을 매일 정성껏 하는 수밖에 없다.

"오늘은 손님이 적네요."

시마 씨가 무심히 말했다. 다른 의미 없이 입에서 툭 나온 말이었다.

"그러게. 이런 날도 있나 봐."

"비가 내릴 것 같아서 그런 걸까요? 어제보다 날이 더 쌀쌀하기도 하고. 또 아직 월급 받기 전이기도 하고요."

시마 씨는 이해할 만한 이유를 어떻게든 찾아내려고 했다.

"이유는 잘 모르겠네. 그런데 가게는 참 신기하지? 손님이 우르르 몰렸다가 또 스르륵 빠져나가기도 하잖아. 손님이 찾아와주는 일이 파도처럼 기복이 있다는 게 신기해."

아키코는 시마 씨가 걱정하지 않도록 최대한 밝은 목소리를 냈다.

"맞아요. 편의점도 그랬어요. 손님이 몰려서 허덕이다가도 10분만 지나면 또 다들 없어지더라고요."

시마 씨가 고개를 끄덕이며 말해 아키코도 마음을 놓았다.

둘이서 빵의 재고를 확인하는데, 양복을 입은 젊고 건장한 남자가 혼자 들어왔다.

"어서 오세요."

프리랜서처럼 보이는 남자가 올 때는 있지만 말쑥하게 양복을 입고 혼자 오는 회사원 손님은 드물었다. 시마 씨가 주문을 받고 돌아왔다.

"식빵 치킨 샌드위치랑 미네스트로네요."

"응."

이번 주문으로 식빵 재고가 떨어졌다. 평소에는 식빵이 마지막까지 남는데 오늘은 이상한 날이라고 생각하며, 아키코는 빠르게 샌드위치를 만들고 곁들임 메뉴를 담아 시마 씨에게 건넸다.

"잘 부탁해."

시마 씨는 익숙한 손놀림으로 쟁반 위에 그릇을 올려 손님이 앉은 테이블로 가져갔다.

"가게가 조용하네요."

"네, 맞아요. 오늘은요."

"평소에는 다른가요?"

"네, 오늘 특히 그러네요."

"그래도 저는 조용해서 좋네요."

"그럼 맛있게 드세요."

시마 씨도 손님을 저 정도로는 대할 줄 알게 됐다 싶어 아키코는 엄마라도 된 심정으로 지켜보았다. 처음에는 막대기처럼 우뚝 서 있기만 했는데 지금은 강압적이거나 지나치게 싹싹하지 않으면서도 정다운 분위기로 손님을 대한다. 사람을 만나는 일을 좋아하는 사람보다 역시 시마 씨 같은 사람이 이 가게와 잘 어울린다는 생각이 들어, 이 신비로운 인연에 감사했다.

남자는 샌드위치를 우물우물 호탕하게 먹었다. 가게에 들어와 한 번도 휴대폰을 꺼내지 않는 것도 익숙하지 않은 풍경이었다. 다른 것에 시선을 빼앗기지 않고 오로지 눈앞에 있는 샌드위치와 수프에 집중한 분위기다. 여자 손님들이 식사하고 있었다면 아마 들어오기 어려워 다른 가게로 가지 않았을까. 아키코는 식기를 설거지하면서, 마치 저 손님을 위해 다른 손님들이 일부러 시간을 내준 것 같다고 즐겁게 상상을 펼쳤다.

"잘 먹었습니다."

깜짝 놀랄 정도로 큰 목소리가 가게 안에 울려 퍼져 아키코와 시마 씨의 몸이 순간 움찔 반응했다.

"앗, 죄송합니다."

남자가 커다란 몸을 반으로 접으며 면목 없다는 듯이 사과했다.

"아니에요, 괜찮아요. 마침 졸음이 몰려오던 참이어서 좋은 자극이 됐어요."

아키코가 웃자, 그는 민망해하면서 계산했다.

"회사에서도 목소리가 쓸데없이 크다고 자주 혼나요."

"젊은 분이니까 무슨 말을 하는지 알아듣기 어려운 작은 목소리보다는 큰 편이 좋죠."

"네, 그런데 상사나 동료한테 제 장점이 목소리뿐이라는 소리를 자주 들어요."

"아이고."

무심코 소리를 낸 시마 씨가 얼굴을 새빨갛게 붉히고 몸을 웅크리며 죄송하다고 남자에게 사과했다. 아키코는 자기도 모르게 남자에게 또 말을 걸었다.

"그런 말을 듣는 것도 회사 사람들이 손님을 좋아한다는 증거예요. 싫은 사람한테는 그런 소리도 안 해요."

"그런가요?"

"그럼요. 사회생활을 할 땐 호감을 사는 것도 중요하죠. 실수 좀 해도 괜찮아요. 누구나 실수는 하니까요. 상사도 그 점을 잘 알고 있을 거예요."

"음, 그런가요. 으음."

이어서 그는 동료들은 그렇지 않다고 했다. 실수만은 어떻게든 피하려고 다양한 상황을 설정해 면밀히 시뮬레이션을 하는데, 옆에서 보면 무대 연습 같다고 했다.

"무대 연습이요?"

아키코가 되물었다.

"네. 만약 거래처에서 이렇게 말하면 이렇게 대답해야지, 이럴 때는 이렇게 해야지, 하고 만나기 전부터 시나리오를 써요. 그 시나리오 범위 내에서 미팅이 끝나면 낙승인 거죠."

"그래도 어떤 일이 생길지 모르잖아요? 예상하지 못한 상황이 일어나면 어떻게 해요?"

"그 자리에서 무척 혼란스러워해요. 갑자기 횡설수설하면서 어떻게 해야 하나 허둥거리더라고요."

"아니, 그럼 큰일 아니에요?"

"예상대로라면 괜찮지만 예상에서 조금이라도 벗어나면 당황하는 모양이네요."

가만히 듣고 있던 시마 씨가 말했다.

"아, 그렇구나."

그러고 보니 출판사에 다니던 시절, 회의 시간에 달변을 늘어놓던 부하 직원이 있었는데 한 회의에서 국장이 그 직원에게 한 가지를 지적하며 그에 대한 의견을 들려달라고 하자 그때까지와는 전혀 다른 태도를 보였다. 조금 전까지만 해도 위풍당당하게 말하던 사람이 땀을 뻘뻘 흘리고 횡설수설해서, 왜 저렇게 불안해하는지 의문이었다. 그 원인을 지금 막 알게 되었다.

"어떤 일이 생길지 예측 못 하는 게 당연한데."

"네, 그래도 다들 머릿속에서 시뮬레이션을 해요."

"손님도요?"

"저는 미리 생각하지 않고 뭐든 곧장 부딪쳐요. 그래서 상사한테 혼쭐이 나기도 하죠."

"왜 혼을 내요?"

"거래처 담당자가 깐깐한 조건을 제시했을 때요, 제가 무심코 '허, 참'이라고 중얼거리는 바람에 선배한테 옆구리를 얻어맞은 게 한두 번이 아니에요."

"허, 참은 좀 그러네요."

"네, 큰일 날 뻔했어요. 그때 이후로는 입이 근질거려도 꾹 참아요."

그가 열없게 웃었다. 이런 청년을 채용한 회사도 배짱이 대단한 곳이다.

"정말 맛있었어요. 잘 먹었습니다."

"그래요? 감사합니다. 근처에 오시면 또 와주세요."

"네, 그럼."

그는 시원시원하게 인사하고 가게를 나갔다.

"그립네요."

시마 씨가 쟁반을 정리하며 중얼거렸다.

"그럽다니?"

"저런 부류의 남자들이 고향에 많았거든요."

"어부 중에?"

"네. 아저씨들은 또 사고 쳤냐고 막 혼내고 쥐어박는데요, 저런 남자들은 워낙 얄밉지 않으니까 다들 좋아했어요."

"처음에는 그렇게 실패하고 혼나면서 어엿한 어부로 성장하는 거겠지? 아저씨들도 젊어서는 나이 많은 아저씨들한테 똑같이 혼났을 거야. 젊은 사람이 혼나는 건 진히 부끄러워할 일이 아니야."

아키코가 거느리는 부하 직원이 늘기 시작했을 무렵, 회사에서 신입 사원을 혼내는 방법을 서류화해 나눠주었다. 요즘 젊은 사람들은 다른 사람 앞에서 혼나면 정신적으로 큰 충격을 받으니 별실로 따로 불러내 혼내라는 지시였다. 그 서류를 보고 아키코는 앞으로 자신과는 인종부터 다른 젊은 사람들이 입사한다고 생각했다.

"시마 씨는 그런 점에서도 요즘 사람답지 않네."

"저는 워낙 많이 얻어맞으면서 자랐으니까요. 아, 소프트볼 투수로 얻어맞았다는 의미가 아니라…… 아니지, 많이 얻어맞았으니까 선발로 뽑히지 않은 거겠죠."

"무슨 말인지 알아."

아키코는 환하게 웃었다.

"아, 죄송해요. 운동 강호인 학교에 들어가면 모두 잘하는 게 당연하니까 칭찬받는 일이 거의 없어요. 오히려 혼쭐이 나지 않으면 제 페이스가 안 나올 정도예요. 그래서 아르바이트를 하면서도 선배나 점장님이 칭찬을 하거나 고맙다고 하면 깜짝깜짝 놀랐어요."

"그래도 열심히 하는데 칭찬을 못 받으면 괴롭지 않아?"

"음, 다른 애들도 똑같이 칭찬받지 않으니까요. 그게 당연했어요. 그래도 가족들은 꾸중을 아무리 들어도 매일 건강하게 밥을 먹을 수 있으면 된 거라고 했어요."

"밥은 항상 맛있었구나?"

"네, 매일 과식했어요."

조금 전의 남자 손님도 시마 씨도 이런 도시에서는 귀중한 인재이지 않을까.

"오늘은 그만 문 닫을까?"

시마 씨는 그 말을 듣자 가게 밖에 내놓은 메뉴 칠판을 안으로 들였다.

"오늘은 무슨 일이 있었어?"

새로 도입한 반성의 시간이다. 시마 씨는 진지하게 생각하고 말했다.

"특별한 문제는 없었습니다."

"그래. 오늘도 무사히 하루를 마쳐서 다행이야. 그럼 내일도 또 잘 부탁합니다."

"잘 부탁드립니다."

남은 빵 절반을 나눠주자, 시마 씨는 늘 그렇듯이 예의 바르게 인사를 하고 퇴근했다.

바깥 셔터를 내리는데 찻집 아주머니가 밖으로 나왔다.

"어라? 벌써 닫아?"

"네, 오늘은요."

"뭐가 오늘은요야. 매번 그러면서."

"하하, 그랬죠."

"우리 아가씨가 일을 그만둔대, 이번 달에."

이번 달이라고 해도 겨우 일주일이 남아 있었다.

"너무 갑작스러운데요?"

"그러니까. 예전부터 그만둘 때는 미리 말하라고 그렇게 잔소리를 했는데, 자기 감각으로는 이게 일찍 말한 건가 봐."

"제 감각으로는 최소 한 달 전인데 말이죠."

"그렇지? 정말 두 손 두 발 다 들었어."

찻집 아주머니는 팔짱을 끼고 버티고 서서 짧게 한숨을 내쉬었다.

"어떻게 하실 거예요?"

"그냥 나 혼자 해도 괜찮지 않나 싶어. 단골들만 오니까 배달 주문이 들어오면 손님한테 가게 좀 봐달라고 하거나 열쇠로 잠그고 나가면 돼. 직원을 쓰느라 머리 굴리는 게 이젠 힘들어. 남잔지 여잔지 잘 모르겠는 너희 가게 아가씨처럼 성격도 좋고, 좀 더 나긋나긋한 사람을 찾으면 좋겠지만 원하는 대로 풀리겠어? 가게를 내는 것보다 참한 종업원을 찾는 게 더 힘들다니까. 그럼 갈게."

찻집 아주머니는 또 하고 싶은 말만 하고 가게로 돌아갔다. 아키코는 아주머니가 힘든 소리를 해줘서 내심 기뻤다. 단골 손님에게는 아르바이트 아가씨의 흉을 보지 않을 것이다. 그 정도 분별력이야 당연히 갖춘 사람이다. 그러나 참는 데도 한계가 있으니 발산해야 한다. 그 스트레스를 풀 상대가 아키코인 것이다. 아무 도움도 안 되겠지만 이야기를 듣는 정도는 할 수 있었다. 엄마의 불평불만은 듣기 싫어 죽을 것 같았는데 찻집 아주머니의 불평은 순순히 들어줄 수 있다니 신기했다.

방문을 열어도 통통한 타로가 달려오지 않는 현실에 여전히 익숙해지지 않았다.

"역시…… 없네……."

모습이 안 보여도 여기 와 있다고 생각하지만, 역시 토실토실한 모습을 보지 못하면 슬프다. 일할 때는 전혀 생각하지 않는 만큼 방에 들어온 순간 더욱더 몰려드는 이 괴로움을 타로가 떠난 후로 매일 같이 맛본다. 아무리 시간이 흘러도 어제와 똑같이 슬펐다. 조금은 긍정적으로 살아야 한다고 생각한다. 그렇지만 이 각도라면 방 저 부근에서 자고 있는 타로 엉덩이가 보였는데, 부엌에서 요리하고 있으면 다리에 몸을 비비면서 밥을 달라고 조르고 오래 기다리게 하면 화가 나서 쿵쿵 소리를 내며 방을 뛰어다녔는데, 라는 생각이 들면 견디기 힘들었다. 당연하게 여겼던 그 광경이 전부 사라지고 말았다.

"미안해. 좀 더 세심하게 살폈어야 했는데."

아키코 인생에서 가장 큰 실수는 늙지도 않은 타로를 죽게 한 것이라고, 가슴에 깊은 상처처럼 새겨졌다. 또 눈물이 흘렀다. 그렇게 울었는데 계속해서 눈물이 나왔다. 타로를 떠올리며 우는 시간이 일상에 포함되어서 아무리 참으려고 하고 그만 울려고 해도 아키코 마음대로 되지 않았다.

기분 전환이라도 하려고 아키코는 옷을 갈아입고 산책하러 나섰다. 역 주변은 지금부터 밤을 즐기려는 젊은 사람들로 북적였다. 라이브 클럽도 많아 빌딩 지하로 통하는 계단에도 젊은 사람들이 옹기종기 앉아 있었다. 어쩌면 낮보다 밤이 더 흥겨울 이 상점가에서 자신의 가게는 이미 문을 닫았다는 점이 자기답다고 생각하며 아키코는 걸음을 옮겼다.

　'가정식 가요'를 찾던 단골손님들의 현재 모임터인 선술집 앞을 지나 도로를 건너 한참 걸으면 주택가가 나온다. 발걸음이 닿는 대로 걸었는데, 기억하는 옛 풍경이 전혀 다른 모습으로 바뀌어서 놀랐다. 단층집이 두 세대 전용주택으로 바뀌었고, 어느새 소형 아파트가 된 집도 있었다. 이곳은 예전부터 고급주택이 많은 지역으로 유명했는데, 어느새 세로로 길쭉한 임대주택이 너덧 채나 생겼고 현관문 앞에 자전거나 킥보드가 놓여 있었다. 외벽도 노란색, 주황색, 분홍색 등 화려한 색채를 쓴 건물이 많아졌다. 오래된 기와지붕 목조주택 바로 옆에 전혀 이질적인 건물이 있었다. 임대주택의 창 너머로 흘러나오는 창백한 LED 전구 불빛과 목조주택 창에서 번지는 노란 전구 불빛이 대조적이었다.

　그 근처에 스무 평 남짓한 넓지 않은 공원이 생겼다. 공원이라지만 화단을 둘러 부지를 나누고, 아이들이 타는 코끼리 놀이기구가 하나, 벤치가 두 개 놓여 있을 뿐이다. 화단 옆의 안내판을 보니 소유자가 지방 자치 단체에 땅을 기증해 공원을 만들었다고 적혀 있었다. 상속할 사람이 없어서 남은 부지를 이렇게 사용했는지도 모른다. 해가 지면 급격히 추워지는 겨울 문턱이라 공원엔 아무도 없었다. 평소에는 밖에서 뭘 먹지 않지만, 아키코는 도로에 있는 편의점까지 돌아가 따뜻한 홍차를 사서 공원 벤치에 앉아 마셨다. 양옆과 뒤에도 주택이 있었다. 세 방향에서 그곳에 사는 사람들의 인기척이 들렸다.

"엄마, 엄마, 엄마아아아."

"시끄러워 죽겠네. 왜 그러는데?"

창문을 닫았는데도 아들과 엄마가 크게 내지르는 목소리가 끊임없이 들리는 왼쪽 집. 오른쪽 집에서는 텔레비전 소리가 제법 큰 음량으로 들렸다. 부엌 환기구가 돌아가는 소리, 금속이 맞닿는 소리도 들렸다. 뒤쪽에서는 미스터 칠드런의 노래를 따라 하는지, 그다지 잘 부른다고 하긴 어려운 젊은 남자의 노랫소리와 기타 소리가 들렸다. 인공 향료로 향을 낸 홍차를 마시며 귀를 기울였는데 갑자기 소리가 들리지 않더니, 사방에서 문을 닫는 소리가 났다. 어느 집에나 각자 사정이 있다.

공원에 중년 남자가 개를 데리고 들어왔다. 남자는 벤치에 앉아 있는 아키코를 보더니 순간 걸음을 멈췄다. 개가 안으로 성큼성큼 들어오려고 하자 "안 돼, 이리 와!" 하고 작게 혼내고, 왜 그러냐는 표정인 개의 줄을 질질 끌고 나갔다. 개의 산책 경로에 이 공원도 포함되어 있나 보다. 산책 중이라면 누가 있든 들어와도 상관없을 텐데, 라고 생각하다 남자의 손이 텅 빈 것에 눈이 갔다. 어쩌면 매번 이 화단에서 볼일을 보게 했는데 오늘은 아키코가 있어서 포기했는지도 모른다.

'만약 아니라면 죄송하고요.'

그러나 아키코는 십중팔구 그렇다고 생각하며 홍차를 한 모금 더 마셨다.

도로 폭에 꽉 차는 외제 차가 몇 대나 지나갔다. 이 동네 주부들이 장이라도 보러 가는 걸까. 자전거를 타고, 혹은 걸어서 장을 보고 오는지 슈퍼마켓 봉지를 들고 있는 사람도 눈에 띄었다. 다들 집에 돌아가 지금부터 저녁을 먹는 것이다.

"저녁을 먹기 전에 이런 걸 마시면 안 되는데."

아키코는 절반도 마시지 못하고 손에 쥐고만 있던 홍차 캔을 내려다보았다. 그래도 오늘은 왠지 마시고 싶었다. 이런 곳에 계속 있다가는 뿌리를 내릴 것 같아 공원을 나와 다시 건기 시작했다. 그러자 수상쩍은 구역이 출현했다. 주택가 한쪽 구석, 아까 공원의 절반쯤 되는 넓이에 잡초가 무성한 땅이다. 원래 주거지였다가 공터가 됐는지, 안쪽에 정원수가 많았는데 오랜 세월 손질을 받지 못한 탓에 나뭇가지가 서로 겹쳐져 아래로 무겁게 늘어져 있었다. 여긴 뭘까 싶어 구석구석 살피는데, 서치라이트 같은 자그마한 불빛이 두 개 보였다.

'앗.'

틀림없이 고양이나. 아키코는 허리를 숙였다.

"안녕. 뭐 하고 있어?"

말을 걸며 작은 서치라이트에 다가갔다. 바사삭 소리가 나며 오른쪽과 왼쪽으로 한 마리씩 도망쳤다. 그런데도 서치라이트는 여전히 움직이지 않았다.

'몇 마리나 있는 걸까?'

더 다가가지 않고 쪼그린 채 살펴보는데 이번에는 서치라이트가 네 개가 됐다.

'늘었어……'

아키코는 왠지 재미있어서 키득키득 웃음을 참지 못했다. 그러자 "냐앙 냐앙" 앙칼진 소리가 들렸다. 고양이를 잘 모르는 사람은 고양이의 울음소리가 다 똑같다고 생각할 텐데, 사실 고양이에 따라 다 다르다. 지금 목소리는 어리광을 부리거나 경계한다는 의미가 아니라 '넌 뭐 하는 사람인데?'라고 묻는 목소리였다.

"여기 사니? 건강해?"

잠깐 지켜보자 또 "냐앙 냐앙" 소리가 들렸다. 앙칼지고 힘이 들어간 목소리에서 접근하지 말아달라는 뜻을 읽은 아키코는 더 다가가지 않았다. 그러자 이어서 묵직하게 "우아옹, 우아옹" 하는, 수컷이 분명할 목소리가 들렸다. 서치라이트 두 개가 움직여 고양이 두 마리의 위치 관계를 알았다. 어쩌면 고양이의 데이트를 방해했는지도 모른다.

"미안해. 내가 방해했구나?"

아키코는 뒷걸음질하며 그 자리를 벗어났다. 서치라이트 네 개는 움직이지 않고 그 자리에서 계속 반짝였다.

5

가게는 여전히 아키코와 시마 씨가 잡담을 나눠도 되는 느긋한 분위기가 이어졌다. 아키코는 지금 이 상태도 괜찮았지만 월급을 줘야 하는 종업원이 있는 책임자로서 '한가해서 좋네'라며 단순히 기뻐해선 안 된다고 생각했다.

"있잖아, 시마 씨."

오후 3시 반, 점심을 먹으러 왔던 손님들이 떠나고 가게에 둘만 남은 시간이 30분쯤 흘렀을 때였다.

"네?"

시마 씨가 아키코를 보았다.

"지금처럼 계속 손님이 줄어들어서 아무도 찾아오지 않으면 어쩌지?"

시마 씨가 당황한 표정을 지었다.

"음, 글쎄요."

그렇게만 말하고 입을 꾹 다물었다. 아키코는 딱 부러지게 대답하지 못하는 시마 씨를 보며 '하긴, 이런 걸 물으면 곤란하지' 하고 내심 괜한 말을 했다고 후회했지만, 시마 씨가 기다렸다는 듯이 "제 생각엔 이렇게 하면 좋겠어요" 같은 명확한 충고를 하지 않는 것에 마음이 놓였다.

"미안해. 이상한 소릴 해서."

"아니에요, 이상하긴요. 그래도 저는 이렇게 여유 있는 시간도 싫지는 않아서요. 아, 하지만 아키코 씨는 경영자니까 저처럼 마음이 편하지 않으신 것도 알고 있는데…… 죄송해요. 월급이랑 보너스까지 올려주셨는데."

"괜찮아. 그런 건 신경 쓰지 마. 일을 잘해주고 있잖아."

"죄, 죄송합니다."

"미안해. 오히려 신경 쓰게 했네."

"아뇨, 저야말로 정말 죄송해요."

시마 씨가 점점 작아지는 목소리로 말하며 꾸벅 고개를 숙였다.

둘은 출입구를 바라보며 서 있었다. 손님이 꼬리에 꼬리를 물고 몰려들 때는 여유 자체가 없었지만 요즘은 서 있는 시간이 많아졌으니 차라리 주방에 앉아 기다리면 어떨까 생각했다. 하지만 유리문 너머로 일하는 사람이 보이지 않는 가게는 좋지 않다고 판단해 둘이 나란히 서 있는 습관을 유지했다.

"왠지 이러고 있으니까 꼭 수행하는 것 같아."

"그런가요?"

"스님들이 소용히 서서 수행하곤 하잖아. 스님하고 비교하면 실례겠지만 왠지 비슷한 것 같아서."

아키코는 자기 입으로 '스님'이라는 단어를 말한 것에 흠칫 놀랐다. 따로 가족이 있으면서 자신의 아버지가 된 얼굴도 모르는 그 사람과 이런 데서 연결고리가 있는 것일까. 그렇다고 지금에 와서 무슨 의미가 있으랴. 타로가 떠난 후에 이야기를 들어줬던 올케일지 모르는 절의 다정한 부인이 생각났다. 말수가 적은 시마 씨는 묵묵히 앞을 보고 서 있었다. 먼지 폴폴 날리는 운동장에서 지겹도록 서 있었으니 쾌적한 실내에서 계속 서 있는 것쯤은 식은 죽 먹기라고 늘 말한다.

장사하다 보면 바빴다가 한가했다가 기복이 있는 법인데, 아키코가 기억하기로 엄마는 가게가 한가하다는 소리를 한 적이 없었다. 낮도 그렇거니와 특히 밤이면 동네 아저씨들의 모임터였으니 종일 북적거렸다. 엄마는 오후 4시 반쯤 간단하게 끼니를 때웠으니까 아마 그 시간대가 손이 그나마 비었을 것이다. 엄마의 가게는 회전율은 낮아도 단골손님 덕분에 일 년 내내 붐볐다. 엄마 가게에는 메뉴가 많았는데 냉동식품을 마음껏 썼기에 그럴 수 있었던 것이고, 그와 달리 그날 준비한 재료를 그날 다 파는 방식의 가게를 시작한 아키코로서는 손님으로 꽉 찬 가게가 궁극적인 목적은 아니었다.

결국 하루 동안 온 손님은 총 열 쌍뿐이었다. 그래도 찾아주는 손님에게 감사한 마음이다. 시마 씨에게 나눠주고 남은 닭고기 수프로 저녁을 먹는 동안, 아키코는 경영자로서 심각한 고민에 빠졌다. 커피나 홍차 같은 음료를 메뉴에 넣으면 차를 마시러 오는 손님을 확보할 수 있을 것이다. 하지만 그러면 찻집 아주머니를 볼 면목이 없다. 직접 구운 빵을 전면적으로 내세운다면 이번에는 선량하고 성실한 빵 공방의 젊은 부부를 배신하는 꼴이 된다. 영업시간을 연장해 밤에 손님을 끌어들이는 방법도 있지만, 사적인 자유 시간이 희생될 뿐 그다지 효과는 없을 것이다.

"흠."

아키코는 음식이 입으로 들어갔는지 코로 들어갔는지 모를 저녁 식사를 마치고 한참 오도카니 앉아 있었다.

'이래서야 앞으로 괜찮을까?'

이렇게 걱정스러운 날도 있고, 한편으로 손님이 끊임없이 밀려드는 날도 있다.

"정말 어렵다. 요즘은 재료를 어느 정도 준비하면 좋을지 감을 못 잡겠어."

문 닫을 준비를 하며 아키코가 힌숨지었다.

"저는 맛있는 수프를 나눠주시니까 기뻐서…… 괜찮긴 한데요."

시마 씨가 미안해하면서 웃었다.

"그렇지. 나눠주지 못할 때도 있으니까."

시마 씨가 갑자기 진지하게 말했다.

"제가 자란 어촌은 자연을 상대하면서 살아가는 곳이에요. 바다에서 목숨을 잃는 사람도 많아서 저도 어릴 때 동네 아저씨나 오빠들 장례식에 몇 번인가 갔던 기억이 있어요. 그때 아버지한테 바다에 나가는 게 무섭지 않냐고 물었는데, '그걸로 생계를 꾸리니까 나가는 수밖에 없지. 다만 날씨가 기울어졌는데 무리해서 배를 띄우지는 않아'라고 대답하셨어요. 무슨 일이 생길지 앞서 걱정하다 보면 아무것도 못 한다는 거예요. '바다에 나가면 물고기를 잡는 일에만 정신을 집중해야 해'라거나 '무슨 이치인지는 모르겠다만 나쁜 생각을 하면 십중팔구 그렇게 되더구나'라고도 말씀하셨어요. 죄송해요, 시시한 얘기를 해서."

시마 씨가 고개를 푹 숙이며 몸을 움츠렸다.

"하나도 안 시시해. 목숨을 걸고 하시는 일이니까. 옳은 말씀이야. 매일 눈앞에 닥친 일을 성실히 하면 돼. 손님이 정말 안 오게 되면 그때 다시 생각하면 될 문제야. 그래도 걱정하지 마. 시마 씨만큼은 꼭 책임질 테니까."

"가, 감사합니다. 죄송해요, 주제넘게 굴었죠."

"아니야. 말해줘서 고마워."

"앗, 네."

시마 씨는 두 팔 사이에 몸을 꽉 끼우듯이 완벽한 차렷 자세를 취했다.

"소프트볼부에서 운동하던 감각이 여전히 살아 있네."

아키코가 재미있어 하며 웃었다.

"제 인생에서 가장 힘들었던 6년이었으니까요."

"하긴, 군대 같았지?"

"네, 군대에 가본 적은 없지만 비슷할 거예요."

아키코는 웃으며, 앞으로는 미리 걱정하지 말자고 마음을 고쳐먹었다. 그런 걱정들이 쌓여서 기분도 우울해지고, 안 좋은 영향을 미쳐 지금 같은 상황에 이르렀을지 모른다고 생각하니 큰 책임감이 느껴졌다. 자꾸 부정적으로 생각하려는 자신의 성격을 성실하고 밝은 시마 씨가 보조해주는 것 같았다.

"시마 씨가 없었다면 나는 가게를 계속하지 못했을 거야."

"이, 이니에요, 그, 그렇지 않아요……. 저는 아키코 씨가 하라는 것 말고는 못 하는 사람인걸요."

"그럴 수 있는 것도 대단한 거야."

시마 씨에겐 아무리 감사해도 모자란다.

"가, 감사합니다."

시마 씨는 귀까지 새빨갛게 붉히고 쩔쩔맸다.

그러는 동안에도 손님은 오지 않았다. 대신에 찻집 아주머니가 문 유리에 얼굴을 대고 안을 빤히 들여다보았다. 그럴 때마다 시마 씨는 왜 안으로 들어오지 않는지 의아해하곤 했는데, 아키코는 아주머니 나름대로 배려하는 것임을 이해했다. 문을 열려고 다가가는데, 아주머니가 갑자기 어린애처럼 냅다 도망치려는 자세를 잡는 것을 보고 아키코는 웃음을 터뜨릴 뻔했다.

"들어오세요."

아키코가 문을 열어주었다.

"응, 그럴까. 오늘은 한가해 보이네."

찻집 아주머니는 문에서 가까운 자리에 앉았다.

"네. 오늘만 이런 건 아니고 요즘은 계속 손님이 적네요."

"손님이 쭉 줄을 서서 어수선할 때도 있었는데. 세상 사람들은 금방 질리니까. 또 새로운 가게가 생기면 거기 가서 줄을 서겠지, 뭐. 이제는 손님층도 어느 정도 자리 잡았겠어. 우리 가게는 단골만 오잖아. 가게랑 나까지 포함해서 모두 다 같이 나이를 먹는다니까. 보면 웃기지도 않아."

시마 씨가 빵 공방의 젊은 부부에게 선물 받은 수제 쿠키와 물을 내왔다.

"고마워라. 맞다, 여긴 커피나 홍차 같은 건 없지. 하기야 음료를 냈다가는 내 입에 거미줄을 칠 거라고 말했었지?"

"하하, 그랬죠."

"너한테 커피 기술을 가르쳐주고 싶지만 아직은 이르지. 아, 이 쿠키 맛있네. 아주 잘 만들었어."

찻집 아주머니가 만족스럽게 고개를 끄덕였다.

"물과 단순한 쿠키만 있어도 맛있으면 충분히 만족할 수 있어. 복잡하게 만든다고 해서 다 맛있는 건 아니야. 그건 다 볼품없는 재료를 얼버무리려는 꼼수지. 요즘은 맛을 잘 모르는 사람들이 워낙 많으니까. 잘못 생각하고 사는 사람들이 참 많아."

평소에는 가게를 들여다보고 돌아가거나 밖에 서서 대화를 나눌 뿐인데 오늘따라 아주머니는 드물게 오래 머물렀다.

"가게는 단골손님한테 맡겨졌으니까 누가 오면 부르러 올 기야. 올 사람들은 이미 다 와서 새로 올 사람도 없겠지만. 다들 경마나 경륜 신문을 보면서 예측하기 바쁘니 오래 앉아 있지. 가게를 봐주니까 괜찮지만."

찻집 아주머니는 쿠키를 맛있게 먹고 주머니에서 티슈를 꺼내 물컵과 쿠키 접시를 담은 나무 쟁반을 쓱쓱 닦았다.

"참, 손님이 없을 때는 창문을 잠깐 열고 환기를 하면 좋아. 그러면 기가 달라진다고 해야 하나? 안에 있는 사람 기분까지 달라지거든. 열 수 있는 창문은 있지?"

찻집 아주머니가 주방 쪽을 들여다보았다.

"네, 있어요."

"환기구 하나로는 부족해. 겨울에도 출입구 말고 손님에게는 보이지 않는 곳을 살짝 열어 두면 공기 느낌이 달라져. 어디까지나 내 착각일 수도 있지만."

찻집 아주머니의 가게에서 덩치가 산만 한 남자가 이쪽으로 건너왔다. 몸을 굽혀 가게 안을 살피더니, 간신히 얼굴만 보이게 문을 빼꼼 열었다.

"저, 아주머니. 손님 왔어요. 그럼 실례할게요."

남자는 그 말만 하고 돌아갔다.

"응, 고마워요. 저 사람은 전직 스모 선수야. 중위권 선수가 되기 전에 그만뒀지만. 경마를 워낙 좋아해. 쿠키 잘 먹었어. 그럼 갈게."

찻집 아주머니는 서둘러 가게로 돌아갔다.

"시마 씨, 창문 열어줄래?"

"네, 알겠습니다."

플로어에서 보이지 않는 위치의 창문을 시마 씨가 열어주었다. 상점가에 있는 가게인데도 바깥 공기가 시원하게 불어와 두 사람은 기다렸다는 듯이 숨을 깊이 들이마셨다.

정기휴일, 우편함을 살펴보니 폐품 처리 업자나 헬스장의 전단과 함께 금색 덩굴풀이 입체적으로 그려진 종이봉투가 들어 있었다. 요리 학교 선생님이 보낸 편지였다. 아키코는 서둘러 방으로 올라가 가위로 조심스럽게 봉투를 잘랐다. 생각해

보니 가게에 와주신 후로 연하장과 여름 문안 엽서 이외에 연락을 드리지 못했다. 편지에는 선생님이 입원했던 사정부터 적혀 있었다. 다리가 부러져 꼬박 한 달을 병원에 있었고 2주 전에 퇴원해 재활치료를 받는 중이라고 했다.

'이사장실이 최상층이다 보니 엘리베이터가 도착할 때까지 기다리기 싫어서 계단으로 내려가겠다고 서두르다가 부끄럽게도 굴러떨어졌어.'

아무리 품위 있고 젊어 보이는 선생님이라도 실제 나이는 어쩔 수 없다. 운이 나쁘면 그대로 숨을 거두는 사람도 있을 것이다. 그렇게 생각하자 아키코는 오한을 느껴 몸을 부르르 떨었다.

'깜짝 놀란 직원들이 구급차를 불러서 병원으로 직행했고 그대로 입원했어. 골절 자체는 심각하지 않아서 금방 퇴원할 수 있을 줄 알았는데, 내 나이 또래보다 골밀도 수치는 좋다지만 젊은 사람들보다는 시간이 오래 걸렸어. 지금은 집에 돌아왔고, 고맙게도 학교 직원들이 교대로 와서 집안일을 돌보며 내가 재활에 전념할 수 있는 환경을 만들어주고 있어. 이번에 자기 과신은 금물이라는 교훈을 얻었지.'

그랬다. 겉으로는 노쇠한 티가 전혀 안 나는 선생님에게도 노화라는 몸의 변화는 일어난다. 생물학적인 나이를 생각하면 당연한 일이지만, 외모에서는 나이를 짐작할 수 없는 선생님의 이런 현실적인 이야기를 접하자 한숨이 나왔다.

"선생님께도 이런 일이 생기는구나."

집안일을 도와주는 사람들이 있다고 하지만 24시간 돌봐주는 것은 아닐 테고, 특히 밤에 얼마나 불편할지에 생각이 미치자 걱정이 되었다. 아무튼 큰일이 생기지 않아 다행이라고 생각하며 아키코는 편지 세트를 꺼내 서둘러 답장을 썼다. 순간 전화로도 손이 갔지만, 마침 전화기에서 먼 곳에 있어 고생스럽게 이동해야 하면 죄송하니 그만두었다. 도울 일이 있다면 언제든지 말씀하시라고 쓸 때는 자기도 모르게 손에 힘이 들어갔다. 편지를 다 쓰자마자 황급히 역 앞 우체통에 가져가 넣었다. 집에 돌아온 아키코가 문득 시선을 준 곳에 엄마와 타로의 사진이 있었다. 타로는 여전히 묵직하고 느긋한 표정이었지만, 엄마 사진은 '얘, 너도 참' 하고 발끈한 것처럼 보였다.

며칠 지나지 않아 선생님에게서 답장이 왔다.

'아키코 씨가 걱정해준 덕분에 많이 좋아졌어. 그러니 걱정 안 해도 돼. 오른발만 조금 불편한 정도야.'

아키코는 그 문장을 읽고 안심했다.

'이런 얘기까지 하긴 창피하지만 밤에 화장실 갈 때가 문제야. 벽을 붙잡고 깽깽이걸음으로 다녀오는데 그 바람에 몸이 자극을 받아 각성하는지 침대로 돌아오면 잠이 오지 않아 고생이야.'

하지만 이런 문장도 있었다. 역시 밤에 화장실이 문제라고, 아키코는 혼잣말을 했다. 낮에는 도움을 줄 사람이 있지만 밤에 혼자 가야 할 때는 쉽지 않을 것이다. 그 우아한 선생님이 아이처럼 깽깽이걸음을 하며 화장실에 가는 모습을 상상하니 귀여워서 웃다가도 안타까운 생각이 들어 마음이 복잡했다.

선생님의 침실에 희미한 전등이 켜진다. 아키코는 옆방에서 독서용 스탠드를 켜고 책을 읽고 있다.

"아키코 씨."

선생님의 목소리가 들리면 읽던 책을 덮고 침대로 다가가 손을 잡고 화장실까지 이끈다. 물 내리는 소리가 들리면 다시 다가가 침대까지 갈 수 있도록 곁에서 돕는다. 선생님이 잠드는 것을 확인하면 다시 책을 읽기 시작하고, 학교 직원이 선생님의 아침을 차리러 오면 교대해 집으로 돌아온다.

여왕의 시중을 드는 하녀처럼 밤에 화장실 용무만이라도 돕고 싶지만 현실적으로 그럴 수 없었다. 재료를 반입하고 요리할 준비도 해야 한다. 선생님이 아키코의 뜻을 무조건 거부하지 않고 '뭔가 부탁할 일이 있을지 모르니 그때는 잘 부탁해'라고 적어주어서 기뻤다. 자신이 할 수 있는 일이라고 해봤자 선생님에게 받은 은혜의 수백 분의 일에도 미치지 못하겠지만 조금이라도 그 은혜를 갚고 싶었다.

시마 씨에게도 선생님의 상황을 알렸다.

"그래도 많이 좋아졌다고 하시니 다행이에요. 우리 숙모랑 선생님을 비교하면 실례지만, 숙모가 계단에서 굴러떨어지면서 어중간하게 몸을 보호하려다가 허리와 손이 이상하게 꺾였어요. 손과 다리는 나았지만 허리는 그때 이후로 계속 상태가 안 좋으세요. 허리가 안 좋으면 뭘 해도 고생이래요."

"허리는 다치면 큰일이라더라. 출판사에 다닐 때도 직원 중에 무리해서 책 상자를 들다가 허리를 삐끗한 사람이 있었어. 시마 씨는 젊으니까 아직 괜찮겠지만 나도 조심해야겠어."

"반입할 때 무거운 건 전부 제가 들 테니까 안심하세요."

시마 씨가 주먹을 쥐어 자기 가슴을 두드렸다.

"정말 믿음직스럽다니까. 혼자 다섯 사람 몫은 해주는 것 같아. 고마워."

아키코가 칭찬하자 시마 씨는 쑥스러워하면서 싱긋 웃었다.

선생님과는 마치 펜팔 친구처럼 편지를 교환했다. 선생님은 휴대폰으로 전송하려니 너무 한심해 보여 출력했다면서, 장미 무늬가 프린트된 티셔츠와 연회색 트레이닝복을 입고 오른발을 앞으로 내민 사진과 화장실 앞에서 곤란한 표정을 지은 사진을 편지에 넣어 보냈다. 같이 찍힌 학교 직원들이 웃고 있는 것으로 미루어 다 같이 장난치면서 찍은 사진 같았다. 아키코는 평상복을 입은 선생님을 처음 보았다. 재활 치료를 위한 트레이닝복 차림도 신선했다. 머리카락을 뒤로 하나로 묶어서 인상이 달라 보였다. 잘 차려입으면 멋있어도 평상복을 입으면 후줄근해 보이는 사람도 있는데, 선생님은 역시 어떤 차림이든 멋있었다.

선생님의 모습을 보고 아키코는 안심했다. 동시에 쓸쓸하기도 했다. 혼자 사는 이사장이 다쳤으므로 학교 직원들이 도우러 가는 것이 당연하고, 거기에 아키코가 끼어들 틈은 없다. 그래도 뭐든 할 수 있는 일이 없을지 열심히 머리를 굴렸으나 선생님에게 도움이 될 만한 일을 떠올리지 못했다.

선생님을 보살필 사람들이 여럿 있으니 자신이 지금 할 일은 가게에 집중하는 것이라고 생각을 바꾸자 또 메뉴 고민이 시작됐다. 지금까지도 들여온 채소에 따라 수프를 바꿨으니 매일 똑같은 메뉴는 아니었지만 수프를 대폭 변경할지, 약간만 변경할지 아니면 아예 변경하지 않을 것인지에 대해 도무지 결론을 내지 못하고 있었다.

두 사람의 예약 취소가 생겨 찻집 아주머니가 알려준 이탈리안 레스토랑을 예약해 시마 씨에게 가끔은 같이 회식이라도 하자고 제안해 찾아갔다. 문을 열자 사람들의 웃음소리가 들렸다. 아키코와 시마 씨 이외의 손님은 이 근방 회사에서 온 단체 손님으로, 둘을 맞으러 온 부인이 8시까지 예약 손님이라고 조용히 귀띔해주었다.

"가게가 참 아기자기하고 멋있어요."

시마 씨가 가게를 둘러보며 말했다.

"찻집 아주머니가 데리고 와주셨던 가게야."

"정말요? 엄격하신 아주머니 마음에 들었다면 정말 믿을 만한 곳이겠어요."

"낮부터 밤까지 부부가 하신대. 일부 허브와 채소도 직접 재배하시고."

"와, 대단하네요."

두 사람이 주문한 치즈, 내장 등 특수부위 요리, 파스타, 피자 그리고 수프까지 전부 다 맛있었다. 대중적이면서도 품격 있는 맛이다. 시마 씨는 보는 사람이 감탄할 정도로 왕성한 식욕을 발휘해 아키코의 두 배나 되는 양을 먹어치우며 모든 접시를 깨끗하게 비웠다. 회사 단체 손님이 "자, 이제 2차 가야지", "오늘은 무슨 노래를 부를까?"라고 수다를 떨며 가게를 나가자, 가게 안에 손님은 아키코와 시마 씨 둘만 남았다. 디저트로는 유자 젤라토, 초콜릿 무스, 살구 케이크 세트가 나왔다.

"이 살구 케이크 정말 맛있어요."

시마 씨가 부부를 바라보며 감탄했다.

"사과나 복숭아, 배, 망고로도 만들 수 있어요. 방식이 똑같거든요. 생각보다 간단하죠."

부인이 대답했다. 좌석 수가 많진 않아도 부부 둘이서 디저트까지 전부 만들어야 하니 같은 조리법을 쓰나 보다.

"이런 디저트도 내고 싶은데 그러려면 커피나 홍차가 있어야겠지?"

"음, 그렇죠."

시마 씨가 고개를 끄덕이며 안타까워했다.

"그러면 메뉴가 자꾸만 늘어날 거야. 냉동식품은 쓰고 싶지 않으니까."

"아키코 씨가 그런 방침이시라면 그렇게 해야죠."

"메뉴 때문에 계속 고민이야. 슬슬 지겹지 않을까 해서."

"늘 한결같은 맛도 좋긴 한데요."

"그것도 그렇지만."

둘은 잠시 입을 다물고 디저트와 에스프레소에 집중했다.

그때 부인이 와서 컵에 미네랄워터를 따라주었다. 아담한 가게에서 주인이 "맛있으셨습니까?"라고 요리 감상을 물으면 아키코는 대답하기 어려워 곤란했다. 맛있었다는 대답 말고는 할 말이 없기 때문이다. 이 가게는 그런 질문을 일절 하지 않았다. 양이 어떤지는 물어도 맛에 대한 감상을 요구하지 않아 마음이 편했다.

"여기도 메뉴를 변경하실 때가 있나요?"

아키코가 용기를 내 물었다. 부인은 탄산이 든 미네랄워터 병 밑바닥을 손에 든 수건으로 닦으며 대답했다.

"자주는 안 해요. 가끔 남편 마음대로 신메뉴를 선보일 때가 있지만요."

부인이 주방 쪽을 돌아보자 남편이 말했다.

"인기 없는 메뉴를 없앤 적은 있습니다. 예를 들어 맛이 톡 쏘는 치즈가 들어간 요리 같은 거요. 우리 가게는 특별할 것 없는 평범한 메뉴를 내지만, 그 평범함 속에서 우리 가게만의

특색을 살리는 게 관건이죠. 무국적 퓨전 요리를 먹는 것도 맛있겠지만 나는 그런 수완이 없어요. 다양한 향신료와 식재료를 조합할 줄 아는 감각적인 요리사라면 할 수 있겠지요. 나는 평생 이탈리아 요리만 했으니 그 틀에서 벗어나지 못해요. 선택지가 적은 가운데 어떻게 개성을 표현해낼지 궁리하면 의욕이 샘솟습니다."

"여보, 설교 같잖아요."

부인이 웃으며 밀했다.

"아무튼, 무슨 장사를 하든지 주인이 단단하게 버티면 어떻게든 됩니다. 일이 생겼을 때 허둥거리는 게 제일 문제예요. 꾸준히 하다 보면 좋은 날도 있고 안 좋은 날도 있는 법이니까요."

"여기도 그런 적이 있어요?"

"있죠."

부인이 옆에서 말을 받았다.

"맛이 달라진 것도 아닌데 갑자기 썰물 빠지듯이 손님이 안 오는 거예요. 그땐 정말 놀랐어요. 그래도 찻집 사장님은 변함없이 계속 와주셨어요."

찻집 아주머니는 그러고도 남을 사람이다 싶어 아키코는

고개를 끄덕였다.

"원인은 뭐였나요?"

그렇게 물어보고 나서 시마 씨가 제풀에 놀라 허둥거렸다.

"앗, 죄송해요. 이상한 걸 여쭤봐서."

부인은 이웃 동네에 이탈리안 레스토랑이 문을 연 탓에 손님들이 그쪽으로 몰려가서 그랬다고 대답했다.

"여기처럼 이탈리아 아줌마가 사는 안방 같은 가게가 아니라, 콘크리트를 발라서 인테리어도 세련되고 널찍널찍한 예쁜 가게였어요. 잡지에 대대적으로 실리기도 했고. 게다가 직원들도 젊은 미남미녀를 썼으니 다들 그 가게로 가는 게 당연하죠."

남편은 일반 손님들은 잘 모르겠지만 동업자의 시선으로 보기엔 저래도 괜찮을지 걱정이었다고 했다. 가게 임대료, 종업원 월급, 그 전부를 합친 것이 요리 가격이 되는데, 그곳은 요리 수준과 그런 것이 맞지 않았다는 것이다. 찻집 아주머니도 한 번 정찰하러 갔다가 "거긴 글렀어요"라고 말했다고 한다.

"트집을 잡으려던 건 아닙니다. 젊은 사람이 열심히 노력한다면 동업자로서 응원해주고 싶은데 가게 경영은 결코 쉬운 일이 아니에요. 그때 우리 부부는 지금까지 하던 방식대로 하되 손님이 와주지 않는다면 그만둬야겠다고 얘기를 나눴어요. 그래도 어떻게든 지금까지 해올 수 있었습니다."

그 이웃 동네의 레스토랑은 2년쯤 지나 폐업했다고 한다.

"손님이 줄어들고 석 달쯤 지나자 원상태를 회복했습니다. 그때 이후로 크게 곤란한 적은 없었어요."

누구든 이 가게에 한 번 오면 오래 머물고 싶고 또 오고 싶어질 것이라고 아키코는 생각했다.

"폐업해야 한다면 그때 우리의 적은 동업자나 손님이 아니라 노화일 테지요. 예전과 비교하면 체력이 한참 떨어졌어요. 언제까지 할 수 있을지 자신이 없습니다."

"그렇다니까요. 부끄러운 소리지만 우리 둘 다 어깨나 허리에 파스 따위를 덕지덕지 붙이고 있어요. 영업을 마치고 목욕하고 나면 서로 파스를 붙여주는 게 일과예요. 아휴, 한심한 노릇이야."

"금슬이 정말 좋으시네요."

"어쩔 수 없답니다. 단둘이서 해야 하니까."

다 같이 웃으며 대화를 나누는데, 동네 주민으로 보이는 잘 차려입은 노부부가 들어와 부부와의 대화는 아쉽게 끝났다.

요리를 마음껏 즐기고 가게에서 나오자마자 시마 씨가 살짝 흥분해서 말했다.

"저런 가게도 다 있네요."

유행에 좌우되는 일 없이 부부의 취향을 그대로 반영했고 무엇보다 요리가 맛있어서 최고였다며, 시마 씨답지 않게 여러 말을 수다스럽게 늘어놓았다.

"우리 가게도 저렇게 사람들에게 사랑을 받으면 좋겠는데."

두 번째로 그 가게를 찾은 아키코는 부부의 경험담을 직접 들으니 자신은 도저히 발끝에도 미치지 못한다는 생각이 들어 저절로 몸이 움츠러들었다.

"아키코 씨 가게도 그래요. 저는 똑같다고 생각해요."

아키코의 목소리가 자신감 없게 들렸는지 시마 씨가 얼른 응원해주었다.

"그럴까?"

"주인아저씨도 말씀하셨잖아요. 가게 주인이 단단하게 버티면 된다고요. 아키코 씨는 단단하시니까요. 아, 건방진 소리를 해서 죄송해요."

시마 씨가 또 허둥거렸다.

"그렇게 말해주면 나야 기쁘지. 내가 사놓고 이런 말을 하긴 그렇지만 오늘은 맛있는 저녁을 먹어서 기분 좋다."

그 말에 시마 씨도 환하게 웃었다.

연립주택 근처에 도착해 택시에서 내린 시마 씨는 차렷 자세로 서서 고개를 푹 숙였다.

"잘 먹었습니다. 내일도 또 잘 부탁드려요. 안녕히 주무세요."

"오늘 고마웠어. 시마 씨도 잘 자."

아키코가 택시 백미러로 보니 시마 씨는 그 자세 그대로 서서 한참이나 택시를 배웅해주었다.

　가게 문을 닫은 아키코는 방으로 돌아가 창문을 열고 인적
이 줄어들지 않는 앞 골목을 가만히 내려다보았다. 줄어들기
는커녕 오히려 늘어난 것 같았다. 찻집 아주머니의 가게는 아
직 문을 열고 있지만 드나드는 사람이 없었다. 아키코에게는
아들뻘쯤일 젊은 남자들 몇 명이 환성을 내지르며 지나갔다.
큰 소리로 웃고 큰 소리로 떠든다. 평범한 대학생 같은 옷차림
이다. 아키코는 불필요할 정도로 크게 떠드는 그들을 보면서
자기들에게 주목해주기를 바라는 알 수 없는 작위성을 느꼈
다. 창 너머로 몸을 내밀어 그들을 쳐다보는데 갑자기 한 명이
다리를 양쪽으로 벌리고 서더니, "하하하, 웃긴다!" 하고 크게

외치며 두 손을 배에 대고 깔깔거렸다. 만화의 한 장면을 흉내 낸 것처럼 과장된 그 모습을 보고, 아키코는 작게 한숨을 내쉬고서 창문을 닫았다.

저녁 반찬으로 낮에 찻집 아주머니에게 받은 은대구 사이쿄야키(된장에 절인 생선을 구워 먹는 요리-옮긴이)를 먹었다. 찻집 아주머니는 가게를 열기 전에 불쑥 와서는, 웃어 보이지도 않고 작은 꾸러미를 내밀었다.

"좋은 아침이야. 이거 받아."

"뭔데요?"

"선물 받았어. 사이쿄야키야. 두 사람한테 한 토막씩이라 미안하지만."

"고맙습니다. 혼자 사니까 생선가게에서 소량으로 사고 싶어도 그게 어려웠는데."

"응? 그래? 나는 그냥 사. 도둑질하는 것도 아니고 사는 건데 조금은 뻔뻔해도 괜찮잖아? 물건을 사면서 체면을 차릴 필요가 어디 있어. 아직도 그렇게 아가씨처럼 굴면 앞으로 이 혹독한 세상에서 살아남기 어렵지."

찻집 아주머니는 웃는 건지 아닌지 모를 미묘한 표정으로 아키코를 빤히 쳐다보았다.

"저까지 챙겨주셔서 감사합니다."

시마 씨가 꾸벅 고개를 숙였다.

"천만의 말씀. 너는 처음 왔을 때부터 지금까지 변한 게 없네. 그게 장점이야. 착하기도 하지."

찻집 아주머니가 히죽 웃고 가게로 돌아갔다.

사이쿄야키는 자주 먹는 음식은 아니지만 가끔 먹고 싶어질 때가 있다. 생선에 묻은 된장을 닦고, 교토에서 사온 장인이 만든 석쇠에 올려 구워지기를 얌전히 기다리는데, 곧 된장과 술내가 어우러진 냄새가 폴폴 났다.

"맛있겠다……."

생선 토막에서 작게 거품이 나와 지글지글 소리가 났다. 달콤하고 고소한 냄새가 코로 들어왔다. 코와 귀가 자극받아 아키코는 파블로프의 개처럼 석쇠 위에 침을 흘릴 뻔했다. 전자레인지로 데우면 끝인 식사로는 오감을 자극하지 못할 것이다. 얌전히 받아 간 시마 씨가 떠올라 요리를 제대로 해서 먹었을지 문득 걱정됐다.

"어촌 출신이니까 걱정할 필요 없겠지."

달콤한 냄새를 풍기며 우아하게 완성된 은대구 사이쿄야키를 출판사에 다니던 시절에 도예가의 전시회에서 산 단단하고 투박한 진갈색 접시에 올렸다. 왠지 오늘은 따스한 느낌을 주는 점토 접시를 쓰기 싫었다. 아키코 내면 어딘가가 단단해졌다는 상징일지도 모른다. 참마 매실무침과 얇게 썬 연근에 푸성귀와 유부를 넣은 초간장절임을 만들고 밥을 공기에 담아 의자에 앉았는데, 접시 위에 놓인 생선 토막을 보자 온몸에서 슬픔이 왈칵 솟구쳤다. 요리하는 동안에는 괜찮았는데 다 완성하자 슬픔이 걷잡을 수 없이 몰려왔다.

"타로……."

또 타로다. 여전히 눈물이 흘렀다. 타로가 있었다면 굽는 도중부터 눈을 반짝이며 투실투실한 몸으로 벌떡 일어나 석쇠 위에 올려놓은 사이쿄야키에 조금이라도 가까이 다가가려고 애를 쓰며, '나 줘야 해. 꼭 줘. 꼭 주는 거다?' 하고 말하듯 아웅아웅 울었을 것이 분명하다. 싱크대 문에 앞발을 짚고 몸을 지탱하지만 안타깝게도 중량급이어서 뒷발로 버티지 못해 금방 네 발을 바닥에 디디고 마는데, 포기하지 않고 또 일어서서 우아웅우아웅 자기주장에 여념이 없을 것이다. 이 세상에서 자기 눈에 보이는 것은 저 생선뿐이라는 듯이 눈으로 계속 좇다가 접시를 식탁에 올려놓으면 곧바로 머리를 들이밀 테니 아키코는 빼앗기지 않으려면 먹기 직전까지 접시를 손에 들고 있어야만 한다.

"너는 그냥은 못 먹어. 조금만 기다리라니까?"

생선을 예쁘게 담지도 못하고, 아키코는 젓가락으로 된장이 거의 닿지 않았을 가운데 살점만 발라 뜨거운 물에 씻어서 염분을 제거한다. 그걸 손바닥에 얹어 타로의 입가에 대주려고 하면, 더는 못 기다리겠다는 듯이 탐스러운 단밤이 매달린 것 같은 앞발을 그 자리에서 동동 구를 것이다.

"자, 먹어도 돼. 많이는 못 주니까 이걸로 만족하는 거다?"

타로는 생선 살을 얹은 아키코의 손바닥에 고개를 박고 허겁지겁 먹는다. 순식간에 살점이 사라지자 당황하다가도 냄새가 남은 아키코의 손바닥을 까끌까끌한 혀로 아쉬워하며 계속 핥는다. 아키코의 손에서 맛이 사라지면 고개를 들고 '더 줘'라는 뜻으로 아웅아웅 애원할 것이다.

아키코는 의자에 앉아 흐르는 눈물을 닦지도 않고 앞에 놓인 접시를 바라보았다. 예쁘게 담은 생선 토막이 그 모습 그대로 남아 있다. 담은 모양새가 좋지 않아도, 바슬바슬 부스러지더라도 생선을 달라고 조르는 타로가 있었으면 좋겠다고 생각했다.

"타로……. 아아, 계속 이러면 안 되는데."

아키코는 눈물을 닦고 두 손을 모아 "잘 먹겠습니다"라고 인사한 뒤 젓가락을 들었다. 우느라 목에 소금기가 가득 찬 것 같았지만 맛있는 사이쿄야키를 먹으니 조금은 행복해졌다. 그러나 생선 냄새를 맡으면 통통한 몸을 흔들면서 달라붙는 타로가 이젠 없다는 쓸쓸함이 여전히 강하게 남아 있어 숙연한 저녁 식사를 했다.

다음 날 아침, 아키코와 시마 씨는 가게를 살피러 온 찻집 아주머니에게 잘 먹었냐고 인사했다.

"아아, 그거 다행이네."

찻집 아주머니는 늘 그렇듯이 무뚝뚝했다.

"그럼 오늘도 열심히 해."

그렇게 말하고 돌아가는 뒷모습을 바라본 아키코는 새삼스럽게 아주머니의 나이를 의식했다. 어깨가 약간 굽어 있었다. 아키코는 자신에게는 보이지 않는 뒷모습이 어떨지 조금 걱정됐다.

손님은 늘지도 줄지도 않아 좋게 말하면 안정적이었다. 이 상태에서 가게 임대료가 발생한다면 도저히 장사를 이어가지 못할 테지만, 시마 씨의 월급과 보너스를 주고 아키코도 보수를 챙길 수 있어서 어떻게든 유지해나갈 수입은 되었다.

자리가 꽉 찬 시간대에 30대 정도로 보이는 여자 둘이 들어왔다. 한 명은 주황색, 다른 한 명은 베이지색 명품 가방을 들고 있었다. 머리는 세련되게 손질했고, 역시 명품으로 보이는 캐주얼한 투피스를 완벽하게 갖춰 입었다. 비슷한 패션을 즐기는 손님들만 왔을 때는 이래도 괜찮을지 걱정스러웠는데, 늘 보던 타입과 정반대의 손님이 오자 이번에는 왜 이 가게를 선택했나 싶어 어리둥절했다.

"미네스트로네 두 개요. 식빵과 뤼스티크로 두 분 다 달걀 샌드위치입니다."

"응."

여자들은 가게를 쭉 둘러보더니 구석에 꽂아둔 꽃을 바라보았다. 커다란 꽃병에 동모란을 무심히 꽂고, 테이블에도 한 송이씩 꽂아둔 참이다. 여자들이 쳐다보는 꽃병은 회사에 다니던 시절, 보너스를 받아 큰마음 먹고 산 모제르 크리스털 제품이다. 아키코가 상상한 그대로, 수도원 같은 담담한 실내에서 꽃이 있는 그곳만이 화사했다.

두 여자는 식사를 즐기며 접시를 깔끔하게 비웠다.

"이거 받은 건데 다 봐서요. 혹시 버려주실 수 있을까요?"

가게를 나서면서 여자가 들고 있던 팸플릿을 시마 씨에게 건넸다.

"알겠습니다. 와주셔서 감사합니다."

시마 씨와 아키코가 고개 숙여 인사하자 두 여자 손님도 잘 먹었다고 하면서 가게를 나갔다.

손님이 몰리는 시간대가 지나 한고비를 넘기자 가게가 텅 비었다. 아키코는 여자 손님들에게 받아 주방의 아래쪽 진열장에 놓아두었던 팸플릿을 꺼냈다. 살펴보니 보석점의 팸플릿이었다.

"시마 씨, 이거 필요해?"

그러자 시마 씨는 고개를 저었다.

"아니요, 저는 흥미 없어요."

"그래?"

"제가 입는 남성용 중고 옷이랑 안 어울리니까요."

"그건 그렇겠다. 시마 씨, 치마는 아예 안 입어?"

"교복 치마 말고 입어본 적 없어요. 추운 겨울에는 치마 아래에 체육복 바지까지 껴입는 엄청난 패션으로 다녔어요."

"어머, 그랬어? 요즘은 남자들도 종종 치마를 입고 다니기도 하잖아. 참 재밌다는 생각이 들어."

아키코도 보석에는 흥미가 없어 팸플릿을 다시 주방 아래쪽 진열장에 돌려놓았다.

수프가 남아 시마 씨와 나누고, 가게 문을 닫고 방으로 올라가려던 아키코는 문득 생각이 미쳐 팸플릿도 가져갔다. 식탁에 앉아 대충 페이지를 살폈는데, 생전 처음 보는 색의 보석이 눈에 들어왔다. 너무 아름다워서 시선을 떼지 못했다. 피전 블러드라고 불리는 루비로, 장미색과 분홍색, 빨간색이 최고의 조합으로 뒤섞인 데다 감탄이 나올 정도로 투명했다. 이런 보석이 자연에서 만들어진다는 것에 감탄했다. 아키코는 보석류에 전혀 흥미가 없지만 이 피전 블러드의 색만은 아무리 봐도 질리지 않았다.

다음 페이지는 옐로 다이아몬드였는데 이것 역시 부담스럽지 않은 노란색이었다. 그 옆 페이지에는 알렉산드라이트가 실려 있었다. 알렉산드라이트는 햇빛 아래에서는 짙은 녹색인데 전등 아래에서는 붉은 자주색으로 보인다고 한다.

"몰랐네."

아키코는 혼자 중얼거렸다.

팸플릿을 제작한 보석점에서 아름다운 피전 블러드를 직접 파는 것은 아니고 세계적으로 유명한 보석을 소개했을 뿐, 가격이 더 저렴한 상품이 뒤에 실려 있었다. 저렴하더라도 아키코와는 인연이 없는 가격이었다. 사진도 실력 있는 사진작가가 촬영했을 테고 팸플릿도 정성껏 만들었다. 이만큼 경비를 들여도 이익이 난다는 소리니 대단하다고 감탄하면서 팸플릿을 계속 살펴보았다. 낮에 가게에 와준 그 여자 손님 같은 사람들이 이런 보석을 사는 걸까? 보석도 하나만으로는 만족하지 못해 다음에는 이것, 다음에는 저것 하며 끝없이 물욕을 느낄까? 저렇게 아름다운 보석이 가득 담긴 상자를 열면 짜증 나는 일이 있어도 다 잊을 수 있을 것 같았다.

"그래도 나는 고양이나 동물들이 세상에 있어주기만 하면 돼."

빛을 받으면 고양이 눈처럼 세로선이 나타나는 캐츠아이라는 보석도 있다는데, 타로의 눈동자는 언제나 동그랬다. 빛이 닿으면 동공이 수축하긴 했지만 아키코가 기억하는 타로는 몸도 앞발도 뒷발도 얼굴도 둥글둥글한 모습이었다.

"아아, 타로……."

오늘은 눈물이 흐르진 않았지만 너무 쓸쓸했다. 그 누가 옆에서 위로해주더라도 채워지지 않을 이 쓸쓸함은 타로가 아니고서는 채우지 못하는 마음의 구멍이다. 이것은 영원히 채워지지 않을 것이다. 타로는 이 우주에서 유일무이한 고양이였다. 이쯤 됐으니 마음 정리를 해야 한다고 생각하면서도, 나이를 먹어 천수를 누리다 떠난 것도 아니고 조금만 더 세심하게 살폈다면 더 오래 살았을 것이 분명하니 속상할 따름이다. 시간이 흘러도 이런 감정은 사라지지 않고 오히려 강해졌다. 그렇게 슬픔과 후회가 중첩되어 타로를 떠올리기만 해도 아키코는 여전히 크게 동요했다.

시마 씨의 집에 제사가 있어서 오랜만에 토요일에 쉬기로 했다.

"죄송해요. 제사라고 제가 굳이 갈 필요는 없을 것 같은데."

시마 씨가 쉬면 가게를 닫아야 하니 무척 미안해했다.

"친척이 다 모이는 거지? 시마 씨가 할 일은 어르신들께 건강한 모습을 보여드리는 거니까 걱정하지 말고 다녀와."

아키코는 여유롭게 다녀오라고 일요일도 쉬자고 제안했으나 시마 씨가 고집을 부려 고개를 끄덕이지 않았다.

"아니요. 당일치기로 다녀올 테니까 일요일에는 출근할 거예요!"

하도 단호하게 말해 하루만 임시휴일로 잡았다. 물론 찻집 아주머니로부터 기가 막힌다는 표정과 함께 "어이구 참"이라는, 늘 듣던 한소리를 듣긴 했지만, 아키코도 요즘 고민이 많다 보니 일을 잊고 마음 편하게 지낼 하루가 생겨 솔직히 기뻤다. 빵과 어제 남은 수프, 달걀프라이로 아침을 먹고, 홍차를 마시며 아키코는 혼자뿐인 방을 둘러보았다.

"타로가 있다면 오늘 아무 데도 안 가고 마음껏 안아주고 놀아줬을 텐데."

타로가 좋아하는 폭신폭신한 공 장난감을 손에 쥐면, 타로는 동글동글하던 눈빛까지 확 달라져 '던져, 빨리 던져!' 하고 난리가 난다. 타로를 향해 팔을 빼고 공을 던져주면 통통한 몸을 일으켜 짧은 앞발과 입으로 받는다.

"잘했어, 타로."

손뼉을 치며 칭찬하면 타로는 의기양양한 표정으로 장난감을 물고 후다닥 뛰어와 아키코 앞에 툭 떨어뜨리고 다시 원래 있던 자리로 돌아가 '던져줘, 던져줘!' 태세로 들어간다. 그러면 아키코가 또 장난감을 던져주고, 그러기를 몇 번이나 반복한다. 매번 아키코가 먼저 질렸다.

"이제 끝이야."

그러면 타로는 불만스러운 표정을 짓지만 품에 안으면 그르렁그르렁 콧소리를 내며 눈을 가늘게 뜨고 행복한 표정을 지었다. 얼굴을 아키코의 팔에 연신 비비고 까끌까끌한 혀로 핥았다.

"더 많이 놀아줬으면 좋았을 텐데……. 내가 아니라 타로가 질릴 때까지."

왜 전부 자기 위주였는지 후회하자 눈물이 주르륵 흘렀다. 마음속의 작은 아키코는 '대체 언제쯤이면 그만 울래?'라고 냉철하게 생각하지만, 슬픔에 잠기는 아키코가 늘 앞선다.

아키코는 한참 코를 훌쩍거리다가 계속 이러고 있을 수는 없으니 크게 숨을 내쉬어 기분 전환을 했다. 곧장 세수를 하고 화장을 했다. 화장이라 해도 자외선 차단제를 바른 뒤 파우더를 토닥이고, 눈썹, 볼, 입술만 대충 바르니 10분이면 끝난다.

어쨌든 학창 시절 별명이 복덩이 가면이다. 그런 얼굴에 요철은 필요 없으니 섀도 종류는 바르지 않는다. 평평한 얼굴 그대로다.

밝은 파란색 바지에 하얀 셔츠, 남색 카디건을 골라 입고 거울 앞에 섰다.

"교복이나 유니폼 같네."

원래 교복 같은 스타일을 좋아해서인지 색 조합이 매번 이렇다. 이런 스타일이어야 마음이 편해지는 것도 사실이다. 가방은 북유럽무늬 토트백을 골랐다. 이러면 패션에 균형이 잡힐 것이다. 신발은 어디든 걸어갈 수 있는 플랫슈즈다.

어디로 갈지 고민하기도 전에 아키코의 발길은 알아서 절로 향했다. 타로를 잃은 직후, 아키코는 올케일지 모르는 절의 부인에게 위로를 받았다. 절 사람들은 자신과의 관계를 전혀 모를 것이다.

토요일 오전의 전철에는 노인 그룹이 많았다. 이 노선에는 극장이나 예능 공연장이 많고 아이들이 좋아할 시설이 없어 연령대가 높은 편이다. 그사이에 끼어 아키코는 전철을 탔다. 옆에 앉은 나이 든 여자 셋의 대화가 들렸다.

"손주는 가끔 보면 좋은데 매일 오면 피곤해."

그들은 나란히 고개를 끄덕였다.

"나도 할 일이 있는데 손주 뒤치다꺼리에나 끌려다니면 귀찮지."

"그렇다니까. 할머니는 손주를 무조건 사랑하니까 돌보는 게 당연하다는 생각은 틀려먹었어. 당연히 사랑하고 귀엽지만 365일 내내 와주길 바라는 건 아닌데 말이지."

아들이나 딸에게 하지 못하는 불만을 발산하는 것이다. 맞은편에는 아키코와 비슷한 또래로 보이는 부부가 앉아, 남편은 휴대폰에 열중했고 아내는 연극 팸플릿을 뚫어지게 들여다

보고 있었다. 각자의 토요일이 시작된다.

　지하철역을 나온 아키코는 매번 빈손으로 찾아가 면목 없고 미안해서 역 뒤편의 오래된 유명 전통 과자점에 들러 화과자를 포장했다. 계절에 맞춰 백매화나 홍매화를 본뜬 과자가 쭉 진열되어 있었다. 요즘 흔히 보는 네모난 개별 플라스틱 상자에 든 것이 아니라 가게 사람이 하나하나 손수 상자에 담아 전통 종이로 위를 덮고 고풍스러운 포장지로 정성껏 포장해주었다. 아키코는 기쁜 마음으로 화과자 상자를 들고 절을 향해 걸음을 옮겼다. 지난번에 왔을 때 불경기를 자랑하던 아저씨 손님들이 있었고, 나이 든 남자가 맛있는 커피를 내려줬던 정취 넘치는 가게가 흔적 없이 사라지고 대신 체인점 술집이 들어섰다. 순간 길을 잘못 들었나 싶어 두리번거리는데, 비즈로 뜬 작은 염낭을 손에 든 하얀 단발머리의 할머니가 다가왔다.

　"여기 원래 찻집이 있었어. 그런데 주인장이 쓰러졌지 뭐야. 물려받을 사람이 없어서 팔았대. 분위기 좋은 가게였는데 안타깝게 됐지."

　"그랬군요. 전에 왔을 때 그 찻집에서 커피를 마셨거든요."

　"아이고, 그랬어? 동네 사람들이 모여서 모닝 세트를 먹곤 했어. 그래봤자 다 늙은이들이었지만. 늙은이가 다닐 가게가 적어졌어. 앞으로 고령화 사회가 될 텐데 말이야. 내가 말이 많았네. 미안하구먼. 잘 가시게나."

할머니가 성큼성큼 멀어졌다.

"앗, 조심히 가세요."

아키코는 가볍게 인사하고 다시 걸음을 옮겼다. 저 술집에 대고 불평할 자격은 없지만 위장 주변이 묵직해지는 기분이 들었다.

여전히 거리에 오기는 사람이 많았다. 외국인 관광객도 많이 보였다. 인파를 피하려고 뒷골목으로 들어가자, 지난번에 길을 지나는 아키코에게 일방적으로 꽃 화분을 안겨줬던, 한때 화류계에서 일했을 것으로 추정되는 여자가 사는 집이 보였다. 지난번보다 화분 수가 늘어난 것 같아 아키코는 무심코 웃고 말았다. 지금도 지나는 사람에게 화분을 들려 보낼 그 사람의 모습이 눈에 선했다. 그런데도 줄기는커녕 늘어난 점이 주인의 꽃 사랑을 여실히 보여준다.

절이 가까워짐에 따라 심장이 두근거리기 시작했다. 밖에서도 보이는 절 마당의 소나무를 구경하는 척하며 멈춰 서서 호흡을 가다듬었다. 문을 향해 다시 걸음을 옮기는데, 안에서 기모노를 입은 여자들이 나왔다. 젊은 여자와 나이 든 여자 세

명씩으로 구성된 그룹은 즐겁게 대화를 나누고 있었다. 모임이 있는 것 같아 들어가도 될지 불안해져서 과자 상자를 고쳐 안았다.

문 안쪽은 의외로 조용했다. 분위기를 살피며 활짝 열린 현관으로 들어가 말을 걸었다.

"안녕하세요."

"네, 잠시만 기다려주세요."

익숙한 부인의 목소리가 들렸다. 반질반질 닦인 복도 안쪽에서 빛을 받은 물체가 다가오는 것처럼 보여 아키코는 순간 놀랐다. 그와 동시에 걸어오던 부인도 놀란 표정을 지었다.

"어머, 오랜만이에요. 어서 오세요."

곧 환하게 웃으며 맞아주었다.

"옷이 멋있으세요."

부인은 밝은 연보라색 이로무지(기모노의 한 종류로 비단이나 무늬가 있는 천에 색을 물들인 옷감으로 만든다-옮긴이)를 입고 있었다. 빛을 받아 마름모꼴 무늬가 돋보였다.

"그래요? 고마워요. 돌아가신 시어머니께 물려받은 옷이에요. 토요일에는 다도 입문 교실이 있거든요. 그때 늘 이 기모노를 입어요."

"아아, 그랬군요. 기모노를 입은 분들이 나가시는 걸 봤어요."

"기모노를 입는 공부도 겸하는 교실이어서 젊은 분들에겐 부담스럽겠지만 기모노를 입고 오시라고 부탁드렸어요. 다도 공부를 시작하기 전에 바르게 입기 강좌부터 하거든요."

"기모노를 입으신 모습을 보니 마음이 편안해져요."

"평소에는 작업복이나 바지만 입고 다니니까요. 옷이 날개라는 말도 있잖아요? 자, 이시 들이오세요."

"다도 교실은 괜찮으세요?"

"네, 오후에는 3시부터니까 괜찮아요."

"조금 일찍 도착했다면 수업을 방해했겠어요. 죄송합니다."

아키코는 화과자를 건네며 사과했다.

"고마워서 어떡해요. 그래도 다음에 오실 때는 이런 건 들고 오시면 안 돼요."

부인은 화과자를 받고 마당이 보이는 다다미방으로 아키코를 안내한 뒤, 잠시 자리를 떴다. 다음에 오실 때라는 말에 아키코의 긴장이 풀렸다.

마당 안쪽 구석에 엔젤스 트럼펫이 핀 커다란 화분이 놓여 있었고, 그 옆에 미니장미 화분 등 꽃 화분이 잔뜩 있었다. 정원수는 가지치기가 잘 되어 있어 깔끔했다. 곧 부인이 차를 내주었는데, 지저분해지면 안 되니 어쩔 수 없지만 이로무지 위에 겉옷을 겹쳐 입고 있었다. 빛을 모으는 연보라색을 오래 보고 싶었는데 아쉬웠다.

"오래 기다리셨죠. 저희도 다도 수업 때 이 과자점에 과자를 부탁드려요."

"앗, 혹시 과자가 겹쳤나요?"

"아니요. 신기하게도 하나도 안 겹쳤어요. 뭔가 통했나 봐요. 후후."

부인과는 혈연관계가 아니지만 그런 말을 들으면 심장이 뛴다. 맛있는 차를 한 모금 마셨다.

"화분이 더 늘어난 것 같아요."

"전에 오셨을 때는 엔젤스 트럼펫이 대장님처럼 존재감 있었죠? 이후로 신도님들께서 또 화분을 가지고 오셔서 계속 늘어나더라고요. 저기 저건 뭐였더라, 외우질 못해서 적어뒀는데……."

잰걸음으로 방에서 나간 부인이 메모지를 손에 들고 돌아와 방 안에서 마당 쪽으로 몸을 내민 아키코 옆에서 화분들을 설명해주었다.

"저건 '병솔나무'고 저건 '군자란'이고, '파피오페딜룸'이
랑 '시네라리아' 그리고 저건 '돈나무'예요. 얼마 전까지 꽃이
폈었어요."

부인은 꽃이 피었을 때 휴대폰으로 사진을 찍었다면서 보
여주었다. 아키코는 꽃이 핀 돈나무를 처음 보았는데, 꽃이 앙
증맞고 귀여웠다.

"이렇게 예쁜 꽃이 피는데도 돈나무 화분을 선물하셨네
요?"

"저걸 주신 신도님은 돈나무를 사는 게 취미여서 화분이 아
주 많대요. 안주인께서 그렇게 사도 돈이 안 들어오는데 무슨
소용이냐며 그만 처분하라고 혼을 내서서, 신도님이 저희한테
화분을 세 개 나눠주셨어요. 마침 그때 계시던 다른 신도님 두
분이 하나씩 가져가셨고 저희가 하나를 받았죠."

"돌보기 어렵지 않으세요?"

"저는 워낙 정신이 없는 사람이라 화분을 밖에 내놓은 걸
깜박하고 밤이 돼서야 허둥지둥 들여놓곤 해요. 식물한테 미
안한 일이죠. 그래도 이렇게 건강한 건 다 꽃과 나무들이 노력
하는 덕분이에요."

"강하게 자랐네요."

"네, 모두 아주 강인하답니다."

눈이 닿는 곳마다 꽃과 나무가 있는 풍경이 좋다고, 아키코는 가만히 생각했다. 태어나고 자란 집에서는 창문을 열어도 이제 빌딩만 보일 뿐이라 가까이에서 나무를 보지 못한다. 이곳은 절이라는 특수한 장소지만, 마당이 있고 나무가 있는 단독주택이었더라도 마음이 편안해지겠다는 생각이 들었다. 절이라는 특성상 갈색과 녹색이 풍부한 편이 어울리겠지만 색이 화사한 꽃은 색다른 멋을 주어 양쪽 다 돋보이게 해주었다.

"이게 좋다고 스스로 정한 일이라도 시간이 흐른 뒤에 잘못 생각했다고 깨달을 때가 있어요."

아키코의 입에서 부인과 지금까지 나누던 대화의 결에서 크게 벗어난 말이 나왔다.

"어, 어라, 죄송해요……."

"아니에요. 그럴 때도 있죠."

부인은 당황하지 않고 아키코의 말을 다정히 받아주었다.

"망설이고 고민한 덕분에 앞으로 나아가는 것 아니겠어요? 단, 마음가짐의 핵심이 되는 뿌리 이외의 다른 것들은 바뀌더라도 뿌리가 달라지지 않는 것이 중요해요. 요즘은 이익이 된다면 아무렇지 않게 뿌리까지 대충대충 바꾸는 사람이 많으니

빵과 수프,
고양이와 함께하기
좋은 날_둘

까요."

"뿌리가 확고하면 된다는 말씀이죠?"

"그래요. 뿌리만 확실하다면 시들지 않아요."

자신이 정한 일의 근본을 바꾸고 싶지 않고 바꿀 마음도 없지만, 당당하게 내세울 자신감이 없어 가끔은 불안해진다. 과연 자신이 그런 능력이 있는 사람일까. 거만한 것은 아닐까. 잘못하고 있는 것은 아닐까. 젊었을 때나 회사원이던 시절에는 상사나 동료가 주의하라고 알려주시만, 일성한 나이 이상이 되면 누군가 주의를 주는 일이 극히 적어진다. 찻집 아주머니가 여러모로 충고해주지만 근본적인 사고방식에 차이가 있으므로 충고는 감사할지라도 전부 받아들일 순 없다. 짧은 대화였고 부인에게 자신은 절에 찾아오는 중년 여성 중 한 명에 불과하겠지만, 자기 일처럼 진지하게 생각해주는 부인의 마음이 전해졌다.

아키코가 화과자점에서 고른 복숭아색 네리키리(착색한 팥소로 계절에 맞춰 다양한 모양으로 만드는 일본식 과자-옮긴이)는 은은하게 달아 맛있었다. 그렇다면 상자 안에 있는 다른 화과자도 맛을 기대할 수 있겠다.

"남들보다 튀어서 칭찬을 받으려는 사람이 많지만, 성실하게 꾸준히 하다 보면 반드시 봐주는 사람이 있어요. 요즘 세상에는 안타깝게도 문제가 많고 어리석은 사람도 있지만, 그렇지 않은 사람도 분명히 있어요. 내게 불이익을 주려는 사람들이 있다면, 사과하거나 반성하게끔 할 것이 아니라 관계하지 않는 편이 제일 좋답니다. 그런 사람들과는 살아가는 기준이 다르니 같은 토양에서 사이좋게 지내기 어려워요. 백 명이 있으면 백 명분의 삶이 있는 법이에요. 물론 범죄를 저지르는 삶은 안 되지만요."

"이 절에도 불이익을 주려는 사람들이 있나요?"

"절은 사람과의 인연을 그 무엇보다 소중히 여겨요. 이상한 소문이나 말도 안 되는 소리를 들을 때도 있지만 저희는 뿌리가 흔들리지 않도록 담담히 지낼 뿐입니다."

이상한 소문, 말도 안 되는 소리라는 말을 듣고 아키코는 식은땀이 흘렀지만, 평정을 유지했다.

아키코는 약 한 시간가량 마당을 구경하고 차와 화과자를 먹으며 절이라는 기분 좋은 공간에서 시간을 보냈다. 몸의 피로가 풀렸고 답답했던 머릿속도 뻥 뚫렸다.

"매번 죄송합니다. 폐만 끼치고 가네요."

"아니에요, 이렇게 와주셔서 정말 기뻐요. 언제든, 빈손으로 편하게 오세요."

　부인은 우아하고 다정한 미소를 지으며 배웅해주었다. 아키코는 미련이 남아 몇 번이나 뒤를 돌아보며 절을 나왔다. 이때껏 개운치 않았던 것들이 시원하게 맑아져서 나아갈 방향이 보였다. 손님에게 문제가 있는 것이 아니라, 지금까지의 자기 자신에게 질려 중심축에서 벗어날 뻔했는데 그 뒷수습을 어떻게 해야 할지 몰랐던 것이 문제였다. 내일 시마 씨가 출근하면 상담해봐야겠다. 시마 씨가 무슨 말을 해줄지 기대됐다.

　시마 씨는 커다란 짐을 손에 들고 출근했다. 아키코가 아침 인사를 건네는 것과 거의 동시에 "어제는 죄송했습니다" 하고 운동부 출신다운 사과를 몇 번이나 반복했다.

　"중요한 일이었으니까 그렇게 고개 숙이지 마. 거짓말로 쉰 것도 아니잖아."

　"네, 정말 죄송합니다……."

　목소리가 점점 작아졌다.

　"친척 어르신들, 오랜만에 뵀지?"

　"네. 다들 나이를 드셔서 놀랐어요."

　정말로 놀랐다는 말투여서 아키코는 웃음이 나왔다.

"시마 씨도 매년 한 살씩 나이를 먹는 건 똑같은데?"

"그건 그렇지만 아줌마가 할머니가 되고 아저씨가 할아버지가 되고, 또 사촌들도 아저씨 아줌마가 됐더라고요."

"시마 씨는 하나도 안 변했단 소리 들었겠다."

"네, 그래서 다들 잔소리가 더 심했어요."

시마 씨가 얼굴을 찌푸렸다. 남색 재킷에 남색 바지를 입고 갔더니, "학생 때랑 변한 게 하나도 없구나" "여전히 사내 녀석처럼 하고 다니네" "결혼은 언제 할 기나?" 같은 소리를 들었다고 한다.

"여기선 어떻게 입든 뭐라고 하는 사람이 하나도 없는데 말이죠. 남색 바지 정장을 입었다고 그런 소리나 하다니 지긋지긋해요."

"다들 걱정해서 그러시는 거겠지."

"친척들이 참견하기 좋아해서 그래요. 가족은 아무 말도 안 하는데."

시마 씨는 한숨을 쉬고 한동안은 친척들이 모이는 곳에 불러도 안 가겠다며 고개를 절레절레 저었다.

"아, 이거 괜찮으시면."

시마 씨가 커다란 쇼핑백을 두 손으로 아키코에게 건넸다.

"고마워. 근데 이게 뭐야?"

안에는 신문지로 싼 커다란 꾸러미 두 개와 밀폐용기가 하나 들어 있었다. 먼저 밀폐용기 뚜껑을 열자, 앙금이 든 큼지막한 찹쌀떡 두 개가 안을 꽉 채웠다.

"와, 맛있겠다."

"엄마가 만들었어요. 입맛에 맞으실지 모르겠지만."

"고마워. 기쁘다. 가게에서 먹는 건 예의가 아니겠지만 그래도 먹어볼까."

아키코는 묵직한 찹쌀떡을 손으로 들고 덥석 먹었다.

"앗, 안에 흑임자 앙금이 들었네?"

"맞아요. 엄마가 이상하게 이걸 좋아해서요. 이렇게 큰데 아키코 씨한테 여섯 개나 드리라고 하는 거예요. 오히려 실례라고 설득해서 두 개만 받아 왔어요."

"그랬어? 정말 맛있다. 크긴 한데 다 먹을 수 있겠어. 어머니께 감사히 먹겠다고 말씀드려."

"네, 저야말로 감사합니다."

시마 씨가 환하게 웃었다. 평소 간식을 잘 안 먹는 아키코지만 커다란 찹쌀떡 하나를 맛있게 다 먹었다. 이어서 신문지 꾸러미를 열자, 밀폐 비닐봉지에 말린 생선이 들어 있었다.

"날치 말린 거예요."

"와, 처음 봤어. 국물 내는 용으로 나온 건 쓴 적 있는데."

"고향 근처예요, 나이가 많아서 바다에 못 나가는 할아버지가 계시는데 전부 혼자 만드세요. 날치가 많이 잡히니까 파는 용도가 아니라 그 동네 사람들이 먹을 보존 식량으로요. 내장을 제거하고 손질해서 말리는 거예요. 소금도 안 뿌리고 그냥 말려요."

말린 건갱이처럼 죄 우로 빌리 농은 청데기 이니리, 미리의 꼬리, 지느러미를 자르고 내장까지 제거한 원통형이었다. 잔가시가 아주 많았다.

"냄새 좋다. 햇볕이랑 소금이랑 바다 냄새가 나."

아키코는 나뭇조각처럼 단단한 건어물에 코를 대고 냄새를 맡았다.

"저는 이걸 그냥 먹는 걸 좋아해요."

시마 씨가 건어물을 뚝 접어 그대로 입에 넣었다. 아키코도 흉내 내 끄트머리를 먹어보았는데, 씹다 보니 감칠맛이 물씬 배어났다.

"생선의 맛이 그대로 응축된 것 같아."

"멸치로 국물 내는 것처럼 이걸 냄비에 넣고 된장국을 끓여요. 물을 먹어서 통통해진 살도 같이 먹는 거죠."

"매장에서는 이런 건 안 팔지. 옛날 사람들은 참 대단해. 이렇게 남은 생선도 버리지 않고 보존 식량으로 만들다니."

도쿄에는 뭐든 다 있다지만, 인간에게 가장 필요한 것을 손에 넣지 못하는 도시인지도 모른다.

"이런 걸 매일 먹으면 뼈도 튼튼해지고 시마 씨처럼 건강한 사람으로 자라겠어."

시마 씨가 쑥스럽게 웃었다. 쇼핑백에 남아 있는 마지막 꾸러미를 열었다.

"와, 두뇌빵이네."

"정말 죄송해요. 전에 드셨던 걸 기억하고 엄마가 가져가라고 하도 난리여서."

"먹으면 머리가 좋아지는 것 같은 빵이었지."

"음, 저는 질릴 정도로 먹었는데…… 여전히 효과가 하나도 없어요."

시마 씨가 고개를 갸웃거렸다.

"나는 나이가 있으니까 맑은 정신을 유지하려면 필요할지도 몰라. 어머니께 꼭 감사하다고 말씀드려."

"알겠습니다."

평소에는 수프의 맛을 봐야 하니 배를 적당하게 비워두는데, 오늘은 선물 받은 찹쌀떡에 눈이 머는 바람에 위가 제법 묵직했다.

"오늘은 시마 씨한테 부탁해야겠다."

"네? 안 돼요."

"매일 맛을 잘 봐주잖아."

"네, 하지만 저도 오늘 아침에 많이 먹고 와서."

어머니가 손수 만든 반찬을 잔뜩 들려줬을 것이다. 결국 이키코가 맛을 보고 시마 씨도 고개를 끄덕여 무사히 수프 준비를 마쳤다.

빵을 준비하며 아키코가 물었다.

"시마 씨, 색이 또렷한 수프를 만들어볼까 하는데 어떻게 생각해?"

고개를 갸우뚱하는 시마 씨에게 빨간색, 초록색, 노란색처럼 색이 눈에 확 들어오는 수프를 만들면 어떨지 의견을 구했다. 시마 씨는 잠시 생각하고 대답했다.

"분위기가 화려하고 밝아지겠어요."

믹스 샌드위치라면 절단면에서 노란색이나 초록색이나 빨간색이 조금씩 보인다. 달걀 샌드위치라면 노란색과 시금치의 초록색만이어서 심플한 느낌인데, 거기에 색을 한 스푼쯤 더 추가하고 싶었다.

"물론 미네스트로네는 기본으로 남겨둘 생각이야."

"맞아요. 있는 게 좋아요."

"갑자기 바꾸면 우리도 적응하기 힘드니까 매일 조금씩 추가해볼까 해."

"그릇에 따라서도 보이는 색감이 달라지지 않을까요?"

"맞아. 그래서 그릇도 바꿔야 할지도 모르겠어."

"기대돼요."

시마 씨는 아키코의 말을 단순히 듣기만 하고 끝내는 것이 아니라 무엇이 중요한지 잘 파악한다. 그러면서도 자기가 주인이 된 것처럼 참견하지 않는다. 시마 씨의 타고난 기질인지 운동부 활동 덕분인지 모르겠지만, 아키코는 시마 씨가 이 가게에 와준 기적과도 같은 인연에 또다시 고마움을 느꼈다.

그 이후로 두 사람은 가게를 닫은 뒤에 신작 수프를 고민하기 시작했다.

"붉은색이라면 토마토지. 비트도 색이 예쁘지만 우리 거래처에서 살 수 있을지 모르겠네. 초록색은 주키니, 아보카도, 풋콩, 아스파라거스, 브로콜리, 소송채. 맛이 강한 잎채소는 순하게 만들어야겠지만 그러면 좀 심심할 것 같아. 물냉이나 시금치 수프는 내용물이 든든한 샌드위치의 보조로 소량만 내면 괜찮아도 한 그릇을 다 먹긴 좀 그렇지. 주황색은 호박, 당근, 파프리카를 쓰고. 흰색은 감자, 버섯, 흰강낭콩, 컬리플라워, 파, 배추. 무는 맛이 너무 강하니까 빵이랑 조화를 이루긴 어렵겠어."

아키코는 종이에 식재료를 색깔별로 그룹을 나눠 적고 조합했디.

"오징어먹물로 끓인 이카스미지루도 맛있어요."

시마 씨가 불쑥 말했다.

"오키나와 향토 요리? 그거 맛있지. 입이 새까매지지만. 위장에도 좋대. 맛은 좋은데 샌드위치랑은 안 어울릴 것 같아. 아쉽다. 그런데 생각하니까 먹고 싶어."

오키나와에서 먹은 이카스미지루는 오징어먹물로 낸 새까만 국물에 쏨바귀가 조금 들어가 위장 기능 회복에도 좋고 몸도 건강해지는 맛이었다.

"오징어먹물 파스타도 맛있지. 같은 어패류라 생각났는데 어란 파스타도 맛있고."

아키코의 입에 침이 고였다.

"음, 흰색 수프에 어란을 조금만 올리면 어떨까?"

"저기요, 이런 말씀 드리기 그런데 원가는 괜찮나요?"

"맞다. 그것도 생각해야지."

"죄송해요. 제가 괜한 소리를 해서."

"아니야. 생각나는 대로 말해줘. 딱딱하게 굳은 내 머리로는 한계가 있으니까."

기상천외한 수프를 내고 싶은 것도 아니고 손님을 많이 모으려는 목적도 아니다. 어디까지나 아키코 자신의 문제로, 새롭게 한 걸음을 내디디고 싶을 뿐이다. 간단히 결정할 수 있을 줄 알았는데 식재료 조합부터 골치가 아팠다. 아무리 색 조합이 예뻐도 맛이 만족스럽지 않으면 의미가 없다.

"진한 수프냐 산뜻한 수프냐도 문제야. 우리 샌드위치는 비교적 볼륨감 있으니까 진하지 않아도 되겠지만……."

"요즘은 기름기 있는 음식도 많이 좋아하잖아요. 여자들도 채소파보다 고기파가 더 많은 것 같아요."

"맞아. 예전에는 여자 혼자 회전초밥집에도 쉽게 들어갈 수 없었는데, 요즘은 혼자 고깃집에도 아무렇지 않게 가잖아. 다들 고기 아니면 디저트를 좋아해. 우리는 다양하게 응용하기 좋은 닭고기 말고는 쓰기 어려워. 샌드위치에 베이컨이나 햄,

소시지를 넣는 정도라면 괜찮지만. 냉동식품을 쓰고 싶지 않으니까 새로 거래처를 찾아야 하고 재고 관리하는 문제도 있을 거야."

아키코가 채소를 거래하는 농가는 대량생산할 수 없으므로 작황은 날씨에 좌우된다. 뭐가 필요하다고 주문하는 것이 아니라 그때 그 자리에 있는 것을 받는 시스템이다. 게다가 원가가 올라 뭐든 마음껏 사들일 수 없어졌다. 그러니 새로운 수프노 나양한 소선에 맞출 수 있도록 응용성을 염두에 둬야 힌다.

"처음부터 색을 다 갖추지 말고 하나씩 추가해볼까? 계절에 따라 수프는 바꾸고 싶으니까."

시마 씨는 가만히 고개를 끄덕였다.

"좋은 아이디어가 있으면 편하게 말해줘."

아키코가 가게를 나가는 시마 씨에게 말했다.

"도움이 될지 모르겠지만 최선을 다해 생각해볼게요."

시마 씨가 진지하게 대답했다.

"최선까지 다하지 않아도 되니까 여유 있을 때 조금만 생각해줘."

아키코의 말을 들은 시마 씨는 고개를 살짝 숙여 "그럼 먼저 실례하겠습니다"라고 인사하고 돌아갔다. 이 역시 운동부

경력의 효과라고 해야 할까. 윗사람이 하는 말에 무조건 복종하는 시마 씨는 가게에서 한 발자국 나가 밤에 잠들 때까지 그리고 다음 날 아침에 일어나서 출근할 때까지 분명 수프만 생각할 것이다.

"나도 느긋하게 생각해봐야지."

방침은 정했지만 부지런을 떨 이유는 없으니, 아키코는 두 팔을 위로 올려 쭉 기지개를 켰다. 등에서 우두둑우두둑 소리가 들려 씁쓸한 웃음이 절로 나왔다.

"오늘은 일단 끝이야."

남은 수프가 없어서 아키코는 저녁에 뭘 먹을지 냉장고 내용물을 생각하며 방으로 돌아왔다.

그날 이후로 매일 신작 수프를 곰곰이 생각하며 지냈다. 출판사에 다닐 때도 그랬는데, 책상 앞에 앉아 기획서를 쓰려고 "으, 어쩌지" 하고 끙끙 앓을 때보다 화장실에 볼일을 보러 갔을 때나 외출해서 돌아다닐 때, 집에서 반신욕을 할 때 반짝 아이디어가 떠오르곤 했다. 무리하지 말고 문득 뭔가 떠오르면 그때 붙잡으면 된다고, 아키코는 느긋하게 생각했다.

시험 삼아 주황색 호박 수프를 낸 날, 이상하게도 아이와 함께 온 가족 손님이 많았다. 호박을 넉넉하게 으깨 닭고기 육수와 두유를 섞고, 아이들이 좋아하도록 잘게 썬 오크라 세 조각과 파슬리를 살짝 장식해주자, 여자아이가 접시를 보고 외쳤다.

"와, 별님이야!"

"정말이네, 녹색 별님 같아."

여자아이는 오크라를 포크로 찍어 호기심 가득하게 바라보았다.

"먹을 수 있겠어? 집에서도 안 먹어봤는데."

엄마가 걱정스럽게 지켜보는 가운데, 여자아이가 별님을 입에 쏙 집어넣었다. 특별한 맛이 나진 않지만 끈적거려서 괜찮을지 걱정돼 아키코도 주방에서 지켜보는데, 여자아이는 입을 가로세로로 오물오물한 후 활짝 웃었다.

"별님이 내 배 속에 들어갔어!"

"그러네. 배 속에 들어가서 몸을 건강하게 해줄 거야."

엄마가 수프를 먹으려고 하자, 여자아이가 "별님은 먹으면 안 돼" 하고 한마디 했다.

"그래, 알았어."

엄마가 수프를 먹기 시작하자 아이는 양이 부족할까 봐 신경이 쓰였는지 자기도 스푼을 들고 수프를 먹기 시작했다.

"별님 또 먹었어."

"그랬어? 이제 몇 개 남았을까?"

"응, 이제 하나."

"그래? 하나 남았구나."

샌드위치를 잘라주는 엄마 옆에서 어린 딸은 "마지막 별님!"이라고 외치며 수프를 깔끔하게 먹었다.

"착해라. 채소 싫어하는 애가 이렇게 잘 먹고."

엄마가 기뻐하며 말했다. 아키코와 시마 씨도 같은 기분이었다. 결혼하지 않고 아키코를 낳고는 남자 손님들에게 둘러싸여 외설적인 농담과 소문을 벗 삼아 살았던 엄마도 저렇게 다정했던 때가 있었을지도 모른다. 아키코는 물론 기억하지 못하지만 지금 눈앞의 모녀를 보면서 어린 시절의 자신과 엄마의 모습이 겹쳐졌다. 동시에 엄마와의 관계를 좋은 쪽으로 기억하려고 뇌가 자연스럽게 정보를 조작하는 것 같다는 생각도 들었으나, 어느 쪽이든 저 모녀를 보니 마음이 따뜻해졌다.

"우리 애는 원래 채소를 안 먹어요. 먹여보려고 스무디를 만들었는데 딱 한 모금 마시고 싫다는 거예요."

젊은 엄마가 계산을 하면서 다행이라는 표정으로 말했다. 채소를 도무지 안 먹으려고 하니까 외식이라면 좀 다를까 싶어, 근처에 어린이 이벤트가 있어 온 김에 이 가게의 음식이라면 먹을지도 모른다고 생각해 데려왔다고 했다.

"믿어도 되는 채소를 사용하신다고 들었어요."

"네. 최대한 그렇게 하려고 해요."

"설마 오크라까지 먹을 줄은 몰랐어요. 토마토도 호박도 안 먹거든요. 여기 샌드위치와 수프는 싫어하지 않고 잘 먹어서 놀랐어요."

"그렇게 말씀해주시니 기쁘네요. 감사합니다."

어른들이 내화하는 동안, 딸도 옆에서 엄마를 흉내 내 고개를 꾸벅꾸벅 숙였다.

"잘 먹었습니다."

엄마와 손을 잡고 가게를 나가던 여자아이가 뒤를 돌아보더니 "바이바이, 잘 먹었습니다아아" 하고 손을 흔들었다.

"네, 고마워요. 조심해서 가요."

그 아이는 질리지도 않고 계속 손을 흔들었다. 아키코는 왠지 가슴이 뜨거워져 이번 일을 계기로 뭐든 잘 먹는 아이가 됐으면 좋겠다고 생각했다.

물론 모든 아이가 얌전히 먹는 것은 아니다.

"싫어, 안 먹을 거야."

가끔은 이런 소리도 들린다. 자식이 큰 소리를 내면 엄마들은 굉장히 당황하는데, 아키코는 당연한 일이라고 생각해 아무렇지 않았다. 자식이 좋아하는 것만 골라 먹으면 남은 것을 먹는 부모도 있었다. 그들의 문제이므로 아키코는 그저 흐뭇하게 지켜볼 뿐이다.

"애들이 오면 활기가 넘쳐요."

"어느 정도 인원이 차면 정말 대단하지."

썰물 빠지듯 모든 테이블이 비어 아키코도 플로어 정리를 돕는데, 등이 굽은 노부인이 들어왔다.

"어서 오세요. 아, 다나카 씨."

아키코가 알아보고 인사했다. 엄마와 젊은 시절에 함께 일했던 동료로, 아키코의 아버지에 대한 정보를 가져다준 다양한 의미에서 중요한 인물이다. 갑자기 아들을 잃고, 아들의 처인 며느리와 옥신각신한다고 들었다.

"다나카 씨, 오랜만에 오셨네요."

"잘 지냈어? 그간 오질 못했네."

"어서 오세요. 근처에 볼일이 있으셨어요?"

"아니, 오늘은 그냥 가요 씨한테 꽃이라도 좀 올리려고. 대단한 건 아니지만 영정 앞에 놔줘."

다나카 씨가 소박한 국화 꽃다발을 내밀었다.

"마음 써주셔서 감사해요. 어머니도 기뻐하실 거예요. 고맙습니다. 식사는 하셨어요?"

"아니, 아직이야."

"괜찮으시면 뭐 좀 드시겠어요?"

"나도 나이를 먹었는지 양이 많으면 부담스러워서⋯⋯."

"알겠습니다. 여기 앉으세요."

아키코는 노란 장미를 꽂아둔 테이블로 다나카 씨를 안내했다.

"오, 이거 내 옷 색이랑 같네. 후후."

다나카 씨는 입고 있던 니트 카디건을 붙잡고 쑥스러워하며 웃었다. 아키코가 말하지 않아도 시마 씨는 알아서 물을 내오고, 건너편 찻집 아주머니의 가게에 가서 커피 배달을 부탁했다. 아키코는 평소 제공하는 양의 삼 분의 일 정도인 식빵 믹스 샌드위치와 절반 분량의 수프를, 시마 씨가 준비해준 그 분량에 딱 맞는 그릇에 담아 테이블로 옮겼다.

"아이고, 이를 어쩌나. 일을 복잡하게 만들었네."

"괜찮으시면 맛 좀 보세요."

"고마워, 그럼 사양하지 않을게."

다나카 씨는 합장하고 샌드위치를 먹었다.

"음, 맛있구먼."

표정이 부드러워졌다. 그때 찻집 아주머니가 커피가 든 쟁반을 들고 들어왔다.

"어서 오세요."

아키코가 인사하는 소리에 다나카 씨는 샌드위치를 손에 든 채 "아이고야!" 하고 화들짝 놀랐다.

"감사합니다. 맛있게 드세요."

찻집 아주머니가 정중하게 인사하고 돌아가자, 다나카 씨는 "고, 고마워요" 하고 고개를 숙였다. 생각해보니 저번에 다나카 씨가 왔을 때는 아주머니의 가게를 그만둔 아르바이트 아가씨가 배달하러 왔었다.

"저희는 음료가 없어서요. 커피 맛이 좋아요."

"지난번에 마셨던 그 커피지? 그거 맛있었는데. 고마우이."

다나카 씨가 커피를 한 모금 마시고 고개를 끄덕였다.

"역시 맛이 좋네."

오늘은 무슨 일로 왔을까. 여전히 며느리와 옥신각신 중일까? 아키코가 티 내지 않고 분위기를 살피는데, 샌드위치를 다 먹은 다나카 씨가 냅킨으로 입가를 꼼꼼히 닦았다. 이어서 커피를 마시고 깊이 숨을 내쉬었다. 다나카 씨는 가게에 아무도 없는 것을 확인하고 입을 열었다.

"저번엔 미안했어. 갑자기 들이닥쳐서는."

"아니에요. 오늘도 상담 때문에 오셨어요?"

"그 선생 댁은 일이 다 마무리돼서 이제 갈 일 없어."

"그래요? 다행이네요."

어쨌든 복잡한 집안싸움 때문에 온 것은 아닌가 보다.

"그렇지 뭐. 나도 골치 아프게 생각하기 지쳐서. 정해진 법률노 있으니까. 멉이 사람 마음을 꼭 이해해주는 진 아니잖아."

"그렇죠. 규칙과 사람의 마음은 별개니까요."

"그럼 그럼. 도대체 왜 그것들한테 돈이 가야 하는지……. 이런, 미안해라. 이 얘긴 그만해야지."

다나카 씨가 어깨를 움츠렸다. 본인이 알아서 마음을 정리해야 한다고 생각하는 모양이다.

"그, 전에 말한 가요 씨 부군 말인데."

어, 또? 아키코가 침을 삼킨 순간, 시마 씨가 "저, 잠깐 나갔다 올게요" 하고 주방 안에 둔 가방을 들고 가게를 나가려고 했다. 다나카 씨와 눈이 마주치자 "지금부터 쉬는 시간이어서 실례하겠습니다. 편하게 말씀 나누세요" 하고 둘러댔다.

"아아, 그래요? 잘 다녀와요."

아무것도 모르는 다나카 씨가 밝게 대답했다. 아키코는 가게를 나서는 시마 씨의 뒷모습을 눈으로 좇았다.

"아무튼 자기 아버지 말인데."

"아, 네."

아키코는 다나카 씨 맞은편에 앉았다. 한때 동료였다고는 해도 남의 가정사에 이렇게까지 관심을 보이다니 솔직히 놀라웠다.

"내가 스님이었다고 말했잖아?"

"네, 그렇게 말씀하셨죠."

"그 후로 뭔가 알아봤어?"

"아니요, 아무것도요."

"응? 아무것도 안 했다고?"

"네."

다나카 씨에게는 죄송하지만 지금은 거짓말을 해야 한다.

"그랬어? 흠."

다나카 씨가 아쉬운 티를 냈다.

"그럼 절에도 안 찾아갔고?"

"네, 안 갔어요."

"그래? 그럼 확실한 건 없겠구먼."

다나카 씨가 고개를 갸웃거렸다. 아키코는 그저 어리둥절할 뿐이었다.

"그게 말이야, 다른 얘기가 나왔어."

"다른 얘기요?"

다나카 씨는 예전에 왔을 때 엄마의 상대라고 소문난 사람은 젊은 목수와 나이 많은 차장이었다고 알려주었다. 그런데 며칠 전 수방에서 함께 일하던 예선 동료인 남사에게 들은 이야기에 따르면, 실력이 뛰어나서 유명했던 복주머니 장인과도 사귀었다는 것이다.

"네?"

"그게 말이야, 동시 진행이라고 해야 하나? 두 다리, 세 다리를 걸치고 사귄 모양이야."

돌아가신 엄마의 젊은 시절 남자관계가 새롭게 밝혀졌으나 이제 와서 무슨 의미인가 싶었다.

"그래서 그 사실만이라도 알려줘야겠다 싶어서."

"그러려고 일부러요?"

"응, 나야 매일 한가하니까. 여기 오는 것도 좋은 운동이 되거든."

다나카 씨는 에구구 소리를 내며 일어나, 오래 써서 부들부들해진 보라색 가방에서 지갑을 꺼내려고 했다.

"아니에요. 어머니께 마음을 써주신 것만으로 충분해요."

아키코가 얼른 말렸다.

"그래? 매번 미안해서 어쩌나. 그럼 잘 먹었어."

"또 와주세요."

아키코가 굽은 등에 대고 인사했다.

"아아, 고마워."

다나카 씨는 웃어 보였지만 어딘지 쓸쓸해 보였다. 아키코는 가게 밖까지 나가 배웅하며, 자꾸만 뒤돌아보는 다나카 씨에게 고개 숙여 인사했다.

잠시 후 시마 씨가 돌아왔다.

"갑자기 미안했어. 그냥 있어도 괜찮았는데."

"아니에요, 괜찮아요. 꽃집에서 잠깐 자원봉사를 하다 왔어요."

"어? 그랬어?"

"꽃집 앞을 지나가는데 손님이 많아서 아주머니가 힘들어하셔서요."

"시마 씨는 꽃을 잘 아니까 큰 도움이 됐겠다. 수고했어. 고마워."

시마 씨가 꾸벅 고개를 숙이고, 빈 커피잔을 건너편 찻집에 돌려주러 갔다. 시마 씨는 어떻게 생각하고 있을까. 말하는 편이 좋을지 고민하는데, 시마 씨가 돌아왔다.

"오늘은 손님이 더 안 오시려나?"

"음. 그럴지도 모르겠어요."

"손님이 낮에 몰리는 느낌이지?"

"네. 한꺼번에 몰렸다가 아무도 안 왔다가 하는 게 기복이 있네요. 편의점도 그랬지만요."

"편의점은 낮에 특히 바쁠 것 같아."

"맞아요. 근처에 공사가 있으면 일하는 사람들이 도시락을 사러 우르르 몰려와서 전자레인지가 쉴 틈이 없었어요. 그러다가도 주간지를 읽는 손님이 딱 한 명만 있는 시간대도 있었어요. 밤은 밤대로 갑자기 붐빌 때도 있었고요."

"그렇구나. 일하는 사람은 교대하더라도 편의점은 종일 문을 열고 있으니까."

"그래도 문 닫는 편의점은 있지만요."

"덕분에 우리 가게로 와준 거고."

"네."

문을 닫은 편의점에는 죄송하지만 감사 인사를 드려야 한다. 아키코는 가정사까지 밝힐 필요는 없다고 생각하면서도, 역시 시마 씨에게는 말해야 하는 것은 아닐지 고민했다. 시마 씨도 도대체 무슨 일인지 조금은 궁금하고 걱정되지 않을까. 그러다가 아키코는 그런 마음도 자기 현시욕의 발로라는 데 생각이 미쳐 부끄러웠다. 시마 씨가 걱정해주는 것을 당연하다고 여기다니 뻔뻔하다. 그렇게 해주길 바라는 이기적인 요구에 불과하다. 외동은 이런 면이 문제라고 괜히 반성도 했다. 그날은 시마 씨에게 아무 말도 하지 않았다.

출생에 관해 시마 씨에게 말할지 말지 아키코는 망설였다.

"어떻게 하면 좋을까?"

사진 속 타로에게 물었더니 '그걸 내가 어떻게 알아'라고 말하는 것 같았다.

"그렇지? 이런 거 물으면 타로도 곤란하지."

아키코는 피식 웃었다.

주황색 수프의 평판이 좋아서 그대로 유지하기로 했다. 두유로 대충 희석해 만들지 않아 포만감을 주었고 남자 손님들에게도 인기였다. 다른 색도 추가해 컬러풀한 수프를 제공하고 싶었지만, 따뜻한 토마토는 파스타 소스로는 괜찮아도 메

인인 수프가 되면 그다지 인기가 없을 것 같았다. 미네스트로
네는 호불호가 갈리지 않으니 붉은색 수프는 다시 생각해보기
로 했다.

"감자가 너무 많이 들어가면 목이 막히는 기분이겠지?"

"비시수와즈(차가운 감자 크림 수프-옮긴이)처럼 차가우면 괜
찮은데 따뜻하면서 걸쭉하면 감자 수프 하나로도 배가 찰 것
같아요."

"그렇지? 탄수화물에 탄수화물이니까."

바쁜 시간이 지나고, 아키코는 수프 냄비의 남은 양을 살피
며 시마 씨와 의견을 나눴다.

"맛이 강한 시금치 수프도 만들고 싶어. 오늘 시금치 좋은
게 들어오기도 했고."

"맞아요. 초록색도 진하고 잎도 파릇파릇했어요."

"밑동도 예쁜 분홍색이라 튼튼해 보였어. 으음."

아키코는 그 튼튼한 시금치를 어떻게 요리하면 좋을지 머
리를 굴렸다.

"이렇게 생기 넘치는 시금치를 수프에 쓰면 죄일까?"

"하지만 시금치는 샐러드용이 아닌 이상 생으로 못 먹잖아
요. 결국 익힐 수밖에 없어요."

"맞아. 너무 싱싱하면 그만큼 떫은맛도 강하니까. 볶으면 괜찮겠지만."

머리를 열심히 굴리고 싶어도 영업하는 중에는 메뉴에 집중하지 못한다.

"문 닫은 후에 생각해야겠다. 고마워."

시마 씨가 꾸벅 고개를 숙이고 테이블과 의자를 정리하기 시작했다. 그러자 다음 손님이 금방 들어왔다. 요즘 시마 씨가 가게를 정리하면 반드시 손님이 들어온다. 무슨 주문이라도 거는 것 같다.

"어서 오세요."

열린 문으로 시선을 준 순간, 아키코는 숨을 헉 들이마셨다.

"오랜만이야."

선생님이 젊은 여자와 함께 문 앞에 서 있었다. 아키코는 허둥지둥 달려가 선생님을 맞이했다.

"선생님, 일부러 와주시다니 죄송해서 어떡해요."

"무슨 소리야, 갑자기 찾아와서 내가 미안하지. 넘어진 후로 매일 같은 곳만 다니니까 기분이 울적해지지 뭐야. 오늘은 고맙게도 우리 학교의 우등생인 메이 씨가 차로 데리고 와줬어."

선생님과 함께 온 메이 씨는 체구가 작았으나 피부색이 건강해 보였고 몸은 근육질이었다. 커다란 눈이 인상적이었다.

"이쪽으로 오세요."

시마 씨가 햇볕이 잘 드는 자리로 안내했다. 넘어졌다는 소식을 듣고 선생님 몸이 괜찮을지 걱정했는데, 지팡이도 짚지 않았고 걷는 데 문제는 없어 보였다. 그래도 지금까지의 선생님과는 달랐다. 평소에는 투피스나 감각적인 원피스를 입었지만 오늘은 허리를 덮는 길이의 스웨터에 넉넉한 니트 바지를 입고 있었다. 항상 화장도 완벽했고 머리도 우아하게 손질했는데, 오늘은 최소한의 화장만 하고 머리카락도 뒤에서 하나로 느슨하게 묶었다. 지금까지 본 선생님이 비즈니스 스타일이라면 앞에 있는 선생님은 프라이빗 스타일이다. 비즈니스 스타일보다 나이가 조금 더 들어 보이지만 그래도 선생님은 여전히 멋있었다.

"그럼 뭘 만들어달라고 할까?"

"차림새에 색으로 살짝 충격을 주고 싶어서 수프를 늘려봤어요."

아키코가 설명하자 선생님이 메이 씨를 보았다.

"그렇다면 신메뉴인 호박 수프를 먹어볼까? 그럼 배가 부를 테니 샌드위치는 통밀식빵으로 부탁할게. 메이 씨는 든든하게 먹어야지."

"네. 저도 수프는 호박으로 골랐는데 베이글로 할지 뤼스티크로 할지 고민 중이에요."

"가능하면 둘 다 먹고 싶지?"

선생님이 싱긋 웃었다.

"맞아요."

둘 다? 아키코와 시마 씨가 놀라 마주 보았다.

"메이 씨한테 베이글과 뤼스티그 샌드위치를 다 만들어줄 수 있을까?"

선생님이 조심스럽게 물어보았다.

"네, 알겠습니다."

"죄송해요. 고맙습니다."

메이 씨도 얼른 사과했다. 시마 씨의 미니 버전 같아서 아키코는 재미있었다.

똑같은 샌드위치를 만들 수 없으니 베이글에는 치마상추와 크림치즈를 넣은 미니 오믈렛을, 뤼스티크에는 닭고기를 넣었다.

"오래 기다리셨습니다."

메이 씨의 쟁반이 두 종류 샌드위치로 가득 찼다.

"와, 맛있겠어요."

메이 씨가 몸을 불쑥 내밀었다.

"맛있을 거야. 전에 먹었을 때와 달라지지 않았다면."

선생님의 웃음 섞인 말에 아키코는 식은땀을 흘리며 등을 쭉 폈다. 익숙해져서 마음이 흐트러졌을지도 모른다. 시마 씨가 맛을 늘 점검해주었고 자신 역시 변하지 않았다고 생각하지만, 둘 다 맛을 느끼는 감각이 어긋났을 가능성도 있다. 혹시 손님 수가 줄어든 이유도 그래서일지 모른다고, 가끔 머릿속을 스치던 여러 불안감이 형체를 이루어 순식간에 몰려들었다.

"수프 색이 참 맛있어 보이네. 잘 먹을게."

선생님이 두 손을 모아 기도하고 스푼을 드는 모습을 아키코는 숨도 못 쉬고 지켜보았다. 옆에 앉은 메이 씨는 맛있다고 감탄하며 왕성하게 먹는 중이었다.

"맛이 아주 좋네. 아키코 씨가 뒤에서 얼마나 노력하는지 잘 알겠어."

"감사합니다."

참았던 숨이 말과 함께 밖으로 나왔다. 선생님과 메이 씨는 모르도록 살짝 한숨을 쉬며 시마 씨를 보자, 마찬가지로 긴장한 표정으로 '하아' 하고 작게 숨을 내쉬고 있어서 웃음이 나왔다.

메이 씨는 보는 사람까지 기분이 좋아질 정도로 마치 집어삼키듯이 깔끔하게 접시를 비웠다.

"와, 맛있었어요."

그렇게 말하며 선생님을 보고 환하게 웃었다.

"그렇지? 다행이야."

선생님도 기뻐하며 말을 받았다. 선생님과 저렇게 편하게 대화를 나눌 수 있다니, 아키코로서는 믿을 수 없었다. 아키코는 선생님을 존경하는 동시에 어떤 경외심을 느끼는데, 메이 씨는 가볍게 말을 걸었다. 놀라우면서도 한편으로 부러웠다.

"이 수프 아주 맛있어. 또 어떤 수프를 생각하는 중이야?"

"네, 미네스트로네는 기본 메뉴로 남기고 수프의 색을 통일하면 어떨까 해요. 예를 들어 흰색, 초록색, 붉은색 같은 식으로요."

"그래? 컬리플라워나 대파처럼 식재료를 색깔별로 모은다는 거지?"

선생님이 이해했다며 고개를 끄덕였다.

"하지만 이 정도 규모의 가게라면 메뉴를 너무 확장하지 않는 편이 나아. 재료 가짓수가 늘어나면 사들이기도 힘들지 않겠어? 아키코 씨는 식재료 질만큼은 절대 떨어뜨리지 않을 사람이니까 그런 점에서도 어려울 거야."

시금치 문제를 상담하자 선생님은 샐러드라면 몰라도 수프로는 적합하지 않을 것 같다고 대답했다. 진한 초록색 수프라면 물냉이가 낫겠지만 호불호가 갈릴 테니 추천하기 어렵다는 충고도 해주었다.

"그 말씀이 맞아요. 다시 잘 생각해볼게요. 저도 왠지 바꿔야 한다는 강박관념에 사로잡혔던 것 같기도 해요."

"그럴 때가 있지. 새로운 메뉴는 집착해서 만드는 게 아니라 우연한 계기로 갑자기 아이디어가 떠올라서 만드는 거야. 패밀리 레스토랑처럼 규모가 크면 기획 담당자가 열심히 고민해야겠지만 여기는 개인이 하는 가게고, 아키코 씨의 생활상이 반영되잖아? 그러니까 무리는 하지 말 것. 아무튼 이 주황색은 성공이야."

"감사합니다."

아키코와 동시에 시마 씨도 고개를 숙였다. 곧이어 메이 씨가 천진난만하게 시마 씨에게 말을 걸었다.

"저기, 혹시 운동하셨어요? 어깨가 튼튼해 보여서요."

시마 씨는 순간 말문이 막힌 모양이었다.

"아, 네. 소프트볼을 했어요."

"그러면 그렇지. 저는 야구요. 지금도 매주 시합을 해요."

"와, 지금도 하세요? 대단하네요. 저는 학교를 졸업한 뒤로는 전혀 안 해요. 가끔 배팅센터에는 가지만요."

"아깝다. 우리 팀에 스카우트하고 싶어요."

"아니에요. 후보 중의 후보에 불과한 투수였는걸요."

"투수는 중요하거든요. 진지하게 생각해주시면 안 될까요?"

시마 씨는 나이가 어린 메이 씨에게 완전히 압도되었다. 요리하는 사람에게 손은 중요하니 야구를 해도 괜찮을지 선생님은 한때 걱정했다고 한다. 그러나 "제 몸은 그렇게 연약하지 않으니까요"라는 대답이 돌아와서 선생님은 결국 참견하지 않기로 했다.

"믿음직스럽네요."

아키코는 구김살 없는 표정으로 웃는 메이 씨를 보며 말했다. 그때 시마 씨가 조용히 가게를 나가더니 아키코가 부탁하지 않았는데도 건너편 찻집으로 가는 것이 보였다. 잠시 후 커피잔을 쟁반에 담아 돌아왔다.

"커피 드세요."

"여기는 음료가 따로 없었지. 그런데 일부러 준비해주다니 고마워."

"역시 찻집에서 제대로 만든 커피는 향이 다르네요. 향료로 속이는 가게도 있는데."

메이 씨도 그렇게 말하며 블랙커피를 한 모금 마시고 "우아, 맛있어" 하고 감탄했다.

"정말 맛이 좋네. 몸에 들어가는 건 역시 만드는 사람의 마음이 담겨야 해."

선생님도 기분 좋게 말했다.

"그런데요, 선생님."

메이 씨가 커피를 급하게 마시느라 잠깐 콜록거리고는 말을 이었다.

"저는 인스턴트나 레토르트 식품을 우습게 여겼는데요, 얼마 전에 텔레비전을 보는데 식품회사 사람들이 몇 번이나 회의를 하고 샘플 테스트를 거쳐서 상품 하나를 만들더라고요. 모두 최선을 다하는 모습을 보고 마음이 복잡해졌어요. 노력해서 하나의 상품을 만들어내면, 그게 대량생산을 통해 세상에 널리 보급되는 거예요. 그중에 인공 첨가물 덩어리도 있고요. 노력하는 사람들을 보면 감탄이 나오는데, 그래도 전 역시 가능하면 인공 첨가물이 안 들어간 걸 먹고 싶어요. 제가 보기에 그들의 노력과 결과물은 일치하지 않는 것 같아요. 그게 왠지 허무하기도 하고 슬프기도 했어요."

"그건 어쩔 수 없지. 사람마다 사고방식과 지향점이 다르니까. 요즘 세상에선 유기농이 어쩔 수 없는 소수파야. 그런 사람들이 개발한 인스턴트 식품을 많은 사람이 받아들인다면 그건 그길로 좋은 일이야. 상사에는 다섯이 있으니까. 삭사 먹고 싶은 걸 골라서 먹으면 돼. 메이 씨는 그 회사 사람들의 성실한 태도와 노력을 보면서 일하는 방식을 배우면 되고."

"맞아요. 저도 열심히 해서 제 가게를 차릴 거예요."

메이 씨가 고개를 끄덕이며 말했다.

"어떤 가게를 내실 거예요?"

아키코가 물었다.

"원래는 유기농 카페를 할 생각이었는데 선생님이 그런 카페는 포화 상태니까 유기농은 고수하면서 다른 방향으로 생각해보라고 하셨어요."

"아, 그건 그렇죠."

"여기도 유기농 쪽이죠?"

"네, 하지만 전부는 아니에요. 유기농이 아닌 채소도 써요."

"그렇구나. 저는 완전 무농약 채소를 제공하고 싶어요."

"그래서 메이 씨는 채소부터 재배하겠대. 얼마 전에는 혼자 농가에 가서 머물다 왔어."

선생님이 믿음직스럽다는 듯이 메이 씨를 바라보았다.

"체력 하나는 자신 있어서 지치지 않는 게 제 장점이에요. 농가 할아버지랑 할머니들이 며느리가 아니라 양녀로 삼고 싶다고 하셨어요."

"아니 왜요?"

아키코가 궁금해하며 물었다.

"아들은 농사짓기 싫다고 집을 나가 회사원으로 사니까 됐다고 하시더라고요. 그래서 제가 농업 종사자가 되면 양녀로 들이겠다는, 뭐 그런 거죠……."

"어머나."

"제가 간 지역에서 일손이 부족한 농가를 도우러 여기저기 다녔더니 신세를 진 부부가 속상해하셨어요. '앞집 노인네가 쑥떡으로 메이를 꾀어서 밭에 끌고 갔어'라고 투덜대시더라고요. 쑥떡에 넘어간 건 사실이긴 해요. 그런데 정말 맛있었어요. 아름다운 진녹색이 자연 그 자체였어요."

"앞집 할아버님이 뭐라고 하면서 데려가시던?"

선생님이 웃음을 꾹 참고 물었다.

"'아가씨, 이거 맛있는데 하나 줄까? 미안한데 밭일 좀 도와주지 않겠어?'라고 하셨어요. 저는 감사히 먹겠다고 하고 냉큼 받아먹었죠. 더 먹고 싶은지 물으셔서 그렇다고 했더니 하나를 더 주셨어요. 그래서 답례로 밭에서 열심히 일했어요."

시마 씨가 소리를 삼키며 웃었다.

"메이 씨는 그 지역에서 귀중한 존재네. 양녀가 되기보나 노두에게 도움을 드려야겠어."

선생님도 웃었다.

"네, 맞아요. 어르신들이 많은 마을이라 전부 도와드리고 온 셈이에요."

메이 씨가 커피를 마시며 천진난만하게 웃었다.

아키코는 농약을 쓰지 않고 농사를 짓는 할아버지와 할머니들이 잎에 붙은 벌레를 한 마리 한 마리 손으로 잡는다는 얘기를 듣고 정신이 아득해졌다.

"왜 이렇게 수가 많으냐고 묻고 싶을 만큼 벌레가 끝없이 생겨요. 그래도 마지막에는 성실하게 일한 제가 이기지만요."

화학 비료가 아니라 유기물을 비료로 주면, 채소를 생으로 먹을 때 풋내가 그대로 나서 싫다는 사람도 있어서 여러모로 어렵다고도 말했다.

"아하, 그렇군요."

아키코도 한참 어린 메이 씨에게 많은 얘기를 들어 공부가 됐다.

네 사람이 함께하는 시간을 지켜주기라도 하듯이 다른 손님이 들어오지 않았다.

"잘 먹었어. 마음도 놓였고. 충고할 게 하나도 없네."

"와주셔서 감사합니다. 다행이에요."

아키코는 자기도 모르게 가슴에 손을 가져갔다.

"괜찮을 줄 알고 있었어. 그걸 확인하러 왔을 뿐이야."

선생님은 조심조심 일어났고, 지갑도 맡았는지 메이 씨가 계산했다.

"오늘 와주셔서 정말 감사합니다."

아키코와 시마 씨는 문밖에 서서 두 사람을 배웅했다.

"우리가 고맙지. 맛있게 먹고 가요."

"감사합니다!"

메이 씨가 야구부 출신답게 깍듯하게 인사했다.

"또 와주세요."

"그래요, 조만간."

선생님과 메이 씨는 함께 차를 타고 떠났다. 상점가를 지나는 사람들의 모습, 호객하는 장사꾼들의 소리와 대화하는 소리, 웃음소리가 잡다하게 들리는 중에 네 사람 주변만 진공 상태가 된 것 같았다.

"선생님이 건강해 보이셔서 다행이에요."

"나도 안심했어. 멋진 비서도 있고. 메이 씨랑 시마 씨가 비슷한 운동을 했다니 놀랍네."

"네. 저도 놀랐어요. 그런데요, 서로 비슷한 냄새가 나는 것 같아요."

"냄새?"

"네. 사회인이 된 뒤에도 예전에 야구를 했는지, 좀 놀았는지, 다른 냄새가 나거든요."

"정말? 나는 어떤 냄새가 나는데?"

시마 씨는 고개를 갸웃거리며 아키코의 얼굴을 가만히 쳐다보았다.

"아키코 씨는 역시 아키코 씨예요."

"으음, 그거 무슨 뜻이야?"

"아키코 씨는 어디 있어도 아키코 씨예요. 냄새가 아니라요."

"어……, 과연. 흠."

'복덩이 가면'과 '메가 지장보살'의 대화는 알쏭달쏭하다고 생각하며, 둘은 멍한 표정으로 웃었다.

다음 날 아키코가 재료 준비를 마치고 테이블을 닦고 있는데, 양복을 입은 남자 세 명이 건너편 찻집 앞에 서서 건물과 건물 사이를 살피고 위를 올려다보는 등 누가 봐도 차를 마시러 온 손님과는 다르게 행동하는 모습이 보였다. 무슨 일인가 싶어 아키코와 시마 씨가 지켜보는데 그들은 곧 찻집 안으로 들어갔다. 인사를 하며 들어가는 걸로 봐서는 찻집 아주머니에게 악영향을 끼칠 사람들은 아니라고 짐작했다.

"무슨 일일까?"

아키코가 손에 든 테이블 청소용 수건을 접으며 중얼거리는데, 꽃병 물을 갈던 시마 씨가 말했다.

"아, 아주머니가 나오셨어요."

찻집 아주머니를 포함한 네 사람은 가게 앞에 서서 대화를 나눴고, 아주머니는 문 경첩이나 가게 앞 단차를 가리켰다. 그때마다 남자들은 고개를 끄덕였고, 제일 젊은 남자가 IC 레코더 같은 것으로 대화를 녹음했다.

"뭘까요?"

시마 씨가 걱정스러운 표정을 지었다.

"가게 점검을 나온 것도 아닌 모양인데."

아키코도 걱정스럽게 지켜보는데, 아주머니는 팔짱을 끼고 한참 얘기하다가 10분쯤 지나 그들이 인사하고 떠나려고 하자 찻집 안으로 이끌고 들어갔다. 30분 정도 지났을까, 그들은 아키코와 시마 씨에게 엉덩이를 보이는 자세로 공손히 인사하고 싱짐가 인쪽으로 걸어갔다. 아주머니가 혹시 가게로 와주지 않을까 했는데 오지 않았다.

"정말 무슨 일일까요."

굉장히 신경이 쓰이는지 시마 씨가 같은 말을 반복했다.

"가게도 오래됐으니까. 상태가 안 좋은 곳을 수리하려는 거 아닐까?"

"아아, 그거겠네요."

시마 씨 표정이 부드럽게 풀렸다.

아키코는 테이블에 이어 의자를 닦으며 말을 꺼냈다.

"다나카 씨라는 분이 가게에 몇 번 오셨었지."

지금 말해야겠다고 미리 계획했던 것은 아닌데, 의자를 닦다 보니 자연스레 입에서 말이 나왔다.

"네."

"시마 씨가 마음 써서 자리를 비워주기도 했고……."

"아아, 그랬죠……."

서로 어떻게 말해야 좋을지 눈치를 살피는 상황이 되고 말아 아키코는 조금 후회했지만, 여기까지 와서 아무것도 아니라고 할 수 없으니 털어놓을 수밖에 없었다.

"사실 다나카 씨가 내 아버지에 대해서 알려주셨어."

"아, 네."

"나는 홀어머니 밑에서 자랐는데, 아버지는 돌아가셨다고 들었거든."

시마 씨는 가만히 아키코의 눈을 바라보았다. 저 나이를 먹고도 눈빛이 순진무구한 시마 씨에게 이런 얘기를 해도 좋을지 망설여졌다.

"엄마는 불륜을 저질러서 나를 낳았으니까 나는 혼외자식이야. 아버지가 이미 돌아가신 건 사실인데, 다나카 씨도 내 아버지랑 알던 사이여서 어떤 사람인지 알려주려고 오신 거야."

"그랬군요."

시마 씨는 자기 일처럼 진지하게 고개를 끄덕였다.

'시마 씨, 미안해. 역시 괜한 소리를 했네.'

아키코는 속으로 사과했다.

"다나카 씨는 나쁜 사람처럼 보이지 않으니까 함부로 말하긴 그런데, 오지랖이 넓으시네요."

시마 씨가 단호하게 말해 긴장했던 아키코도 와락 웃음을 터뜨렸다. 아키코가 직접 말하지 못한 것을 시마 씨가 대신 말해주어서인지도 모르겠다.

"본인은 친절하다고 생각하실 거야."

"그럴까요? 단순히 오지랖인데요. 남의 사생활을 파고들다니요. 아키코 씨가 부탁했다면 모르지만요."

시마 씨가 조금 화를 냈다.

"그래도 덕분에 오빠……일지 모를 주지 스님과 그 부인과도 대화를 나눌 수 있었어. 물론 우연히 지나가는 사람처럼 절에 들러서 타로가 떠난 얘기만 하고 다른 복잡한 얘기는 안 했지만 이복남매라서가 아니라 그냥 대화를 할 수 있어서 기뻤어. 즐거웠고, 정말 멋진 분들이었거든."

"그래요? 아키코 씨가 괜찮다면 다행이에요."

시마 씨가 꽃병에 꽂은 장미꽃의 위치를 조정하며 환하게 웃었다.

"엄마랑 타로를 잃고 나는 의지할 데 없는 혼자가 됐잖아. 그래도 절반이지만 혈연관계인 사람이 살고 있다는 걸 알고 나니까 마음이 놓였어. 지금까지는 그런 생각을 해본 적도 없는데. 그분들한테는 불편한 얘기겠지만."

"그렇지 않아요. 아키코 씨가 오빠 부부한테 의지하려고 찾아간 것도 아니잖아요."

"그건 그렇지. 나는 이런 처지로 태어났으니까 받아들이고 살아야지."

시마 씨가 진지하게 고개를 끄덕이고, 아키코에게서 수건을 받아 세면대에서 깨끗하게 빨아주었다.

그날 하루는 평소보다 손님이 많아 오랜만에 쉴 여유가 없었다. 그런 얘기를 한 뒤에 괜히 여유로운 시간이 있으면 시마 씨가 불편했을지도 모르니 아키코는 다행이라고 가슴을 쓸어내렸다. 슬슬 문을 닫으려는데, 찻집 아주머니가 무표정으로 가게를 들여다보고 있었다.

'그러지 말고 들어오시지.'

아키코가 웃음을 참고 문을 열자, 아주머니가 "실례할게" 하고 나직하게 인사하며 안으로 들어왔다.

"오늘 손님이 많아서 바빠 보이던데."

"네. 오랜만에 그랬어요."

"역시 들 때가 있고 나갈 때가 있어."

아주머니가 가게를 쭉 둘러보았다.

"언제 봐도 정말 먼지 한 톨 없네. 아주 훌륭해."

"엄마 가게는 장식장 위에 있던 커다란 장기짝에 먼지가 잔뜩 쌓여 있곤 했어요."

"맞아. 가게가 오래되다 보면 먼지랑 기름이 한데 뭉쳐서 굳으니까 뭐 해도 잘 떨어지질 않지."

"그런 거예요? 몰랐어요."

"그래도 여긴 깨끗하니까 괜찮아."

"칭찬해주셔서 감사해요."

"가요 씨 가게에 오는 손님들은 가게가 깔끔하든 더럽든 아무래도 좋았을 거야. 어떤 날은 가요 씨가 일하기 싫다고 투정을 부리면서 스다 씨한테 서빙을 시키기도 했어. 언젠가 가게를 들여다봤더니 손님한테 허리 마사지를 받고 계시더라. 가요 씨는 그 손님의 이름도 안 외우고 그냥 당신이라고 불렀어. 나중에 들어보니 술버릇이 제일 나쁜 사람이었대. 찻값을 치르게 한 거겠지. 가요 씨 가게는 손님이나 주인이나 가릴 것 없이 모두 가족 같은 사이였어."

그 가족에 끼지 못한 것이 바로 자신이었다고, 아키코는 내심 생각했다.

무람없이 수다를 떨며 아키코를 가볍게 탓하는 것 같은 찻집 아주머니를 바라보다가 아키코가 물었다.

"오늘 가게 앞에서 남자들하고 말씀을 나누시던데, 가게에 문제라도 생겼나요?"

"맞아."

그러자 아주머니가 몸을 내밀고 사정을 들려주었다. 그 남자들은 가게 리모델링을 제안하러 왔다고 했다.

"하지만 그냥 이대로 하겠다고 거절했어. 자료는 잔뜩 놓고 갔지만."

"그런 일이었어요?"

"이 나이가 되면 범위를 넓히지 않고 현상만 유지하거나 일을 축소하는 게 제일이야. 욕심 있는 사람이야 기회를 놓치지 않고 잡겠지만, 나야 이젠 앞이 뻔히 보이니까 느긋하게 하려고. 그럼 갈게."

늘 그렇듯이 하고 싶은 말만 하고 찻집으로 돌아갔다.

"시마 씨, 이제부터 뭐 할 거야?"

가게 문을 잠그며 아키코가 드물게 물어보자, 시마 씨는 조금 허둥거리며 대답했다.

"어, 그게, 배팅센터에 가려고요."

"아, 정말? 홈런 잔뜩 치고 와."

"아, 네. 알겠습니다."

시마 씨는 인사하고 돌아갔다.

신작 수프 개발은 그리 진전을 보이지 않아 지금까지 내던 수프에 호박 수프를 추가한 메뉴로 이어가고 있다. 오크라 별 님에 더해 호두를 빻아 토핑하자 식감에 변화가 생겨 한층 나아졌다. 어린아이를 데리고 와 수프에 든 부드러운 채소를 아이에게 먹이는 손님도 많아졌다. 남자 혼자 오는 손님도 있고 중장년 그룹이 와주기도 했다. 아키코는 단단히 묶여 있던 밧줄 매듭이 차츰차츰 느슨하게 풀려가는 기분이 들었다. 시마 씨는 배팅센터에서 너무 열을 올려 팔, 허리, 어깨가 땅긴다고 말하는 날도 있었지만, "프로도 아닌데 팔이 땅기다니 민망해요"라며 여전히 자기 일을 완벽하게 해주었다.

무의미한 고민은 그만두고 이대로 느긋하게 해가려고 마음을 편하게 먹은 휴일 오전, 초인종이 울렸다. 집에 찾아올 사람은 영업사원들뿐이니 처음에는 무시했다. 그런데 한 번 더 울려서 최대한 불친절한 인상을 주려고 "네" 하고 무뚝뚝하게 인터폰을 받았다.

"아키코 씨, 휴일인데 죄송해요."

시마 씨였다.

"무슨 일이야? 지금 내려갈 테니까 기다려."

아키코가 서둘러 계단을 내려가 문을 열자 뚜껑이 달린 커다란 바구니를 안은 시마 씨와 그 뒤에는 천 쇼핑백을 든 소박한 분위기의 가냘픈 청년이 서 있었다.

"안녕하세요. 저기, 그게 저희 동네에서 엄청난 일이 벌어져서요."

심각한 이야기일 분위기여서 이런 데서 차분히 얘기할 수 없으니 둘을 집 안으로 들였다.

시마 씨의 이야기를 들어보니, 연립 근처에 60대 부부가 사는 넓은 집이 있는데 부인이 고양이를 좋아해서 열 마리도 넘게 실내에서 키웠다고 한다. 그런데 대략 3주 전에 부인이 갑자기 세상을 떠나 집에는 남편과 고양이들만 남았는데 고양이가 현관에 놓은 신발에 오줌을 싸는 바람에 남편이 격노해서 집에 사는 고양이를 모조리 두꺼운 몽둥이로 때려 내쫓았다는 것이다.

"목격한 동네 주민 말을 들어보니까 계속 집에서만 살던 고양이라 밖으로 쫓겨나도 다시 집으로 들어가려고 하다가 몽둥이에 수도 없이 얻어맞았대요."

시마 씨가 눈물을 글썽였다. 힐끔 보니 청년도 눈에 눈물이 잔뜩 고여 있었다. 아키코도 분노와 슬픔이 솟구쳐 자연히 눈물이 흘렀다.

"너무해. 보살펴주던 주인이 갑자기 사라져서 고양이들도 슬펐을 텐데."

"이웃집 부부가 말리려고 해도 계속 몽둥이를 휘두르더래요. 결국 고양이들을 죄다 내쫓았는데, 동네 주민들이 너무 불쌍하니까 임시 보호라도 하려고 분담해서 데려갔어요."

"아아, 다행이다."

"그런데 네 마리는 그 집 마당에서 죽어버렸어요. 그 고양이들도 이웃 주민들이 데려와서 자비로 장례식을 치르고 공양도 했대요."

아키코는 화가 나다 못해 한참이나 말이 나오지 않았다.

"그 아저씨는 지금 어쩌고 있어?"

"그게, 닷새 전에 돌아가셨어요."

그렇게 심한 짓을 했으니 벌을 받은 것이다.

"그래서…… 말인데요."

시마 씨가 청년에게 눈짓하고 바닥에 둔 커다란 바구니를 들어 올리려던 순간, "야옹" 하는 소리가 들렸다.

"어, 고양이?"

"네……, 맞아요."

지금까지 바구니 안에 들었다는 기척도 안 냈으면서 마치 기다렸다는 듯이 울다니 제법이다. 뚜껑을 열자 고양이가 안에서 불쑥 튀어나왔다.

"어머, 타로랑 똑같이 생겼네?"

안에서 또 한 마리, 타로와 똑같은 회색 줄무늬 고양이가 나왔다. 두 마리 모두 다리가 굵직한 것이, 분위기가 아주 듬직했다.

"형제래요. 세 집에서 나눠서 돌봤는데 애들 전부를 계속 돌보기는 어려우시대요. 저도 어젯밤에 처음 얘기를 들었어요. 그래서 갑자기 죄송한데, 아키코 씨가 입양을 해주시면 안 될까 해서……."

시마 씨와 청년은 면목 없다는 표정이었다. 좁은 바구니에서 나온 고양이들은 '아아, 좁아서 답답했어'라고 하듯이 앞발을 있는 힘껏 펴 기지개를 켰다. 그러더니 꼬리를 세우곤 방 냄새를 킁킁 맡으며 주인에게 심한 학대를 받았다고는 믿기지 않을 만큼 마음 편히 돌아다녔다.

"이리 온."

아키코가 부르자 야옹, 하고 울며 다가와 아키코의 몸에 이마를 쓱쓱 비볐다. 그러자 다른 한 마리도 지지 않겠다는 듯이 와서 두 마리가 아키코의 몸에 대고 열심히 비볐다. 검지를 세워 대주자 두 마리가 나란히 콧구멍을 벌리고 앞다투어 냄새를 맡으려고 했다.

"다로랑 이쩜 이렇게 닮았지?"

"두 마리 모두 두 살이고, 이마에 M자가 또렷한 애가 형이래요."

임시 보호해준 집의 부인이 세상을 떠난 원래 주인에게서 들었다고 했다.

"타로랑 똑같이 생긴 애랑 이렇게 다시 만나다니 정말 기뻐."

고양이들은 이 집에서 살던 것처럼 아키코의 무릎에 올라오려고 하다가 형제끼리 무릎 쟁탈전을 벌이기까지 했다.

"자, 둘 다 올라와도 돼."

아키코가 두 마리를 무릎 위에 올리고 양팔로 한 마리씩 안아주자 만족스럽게 눈을 감았다.

"콧김이 거세서 그르렁그르렁거리는 게 꼭 말하는 것 같지? 이런 점도 타로랑 똑같아. 콧구멍을 활짝 벌리고 있는 것도."

아키코는 아무 생각 없고 긴장의 흔적도 없는 두 마리를 보고 흐뭇하게 웃었다.

"긴장을 전혀 안 하네요."

청년이 얌전하게 말했다.

"갑자기 부탁드려서 죄송하지만 애들을 맡아주실 수 있을까요?"

시마 씨와 청년이 고개를 깊이 숙였다.

"시마 씨가 애들을 데리고 온 거잖아. 시마 씨는 괜찮아?"

"사실은 저희 집에도 임시 보호하던 다른 두 마리를…… 데리고 와서요."

그 고양이들은 이미 시마 씨 휴대폰의 대기화면을 장식했다. 삼색이와 까맣고 하얀 턱시도 고양이였다.

"둘 다 암고양이인데 건강하게 날아다녀요."

"주인 할머니께서 허락하셨어?"

"할머니도 너무 끔찍한 일이니까 자기도 한 역할을 하시겠다며 제일 나이 많은 고양이를 데려가셨어요."

"그래? 다행이다. 그럼 애들은 우리 집에 와도 되는 애들이지?"

"물론이죠."

시마 씨와 청년의 목소리가 겹쳤다.

"와, 대단해. 둘이 잘 통하네?"

아키코가 말하자 둘은 귀까지 새빨갛게 달아올랐다. 과연 그런 사이로구나, 라고 짐작했지만 아키코는 깊이 파고들지 않았다.

"저희 집에 온 애는 이 녀석이에요."

청년이 휴대폰을 보여주었다. 어떻게 이런 색이 나오나 신기할 정도로 갈색과 검은색과 회색이 섞인 얼룩덜룩한 카오스였다.

"털 색깔이 참 독특하고 멋있다."

"맞아요. 예술 작품 같아서 멋있어요."

이미 고양이는 그들의 자랑스러운 자식이었다.

아키코의 품에서 두 마리는 숙면에 빠져들었다. 그응그응, 하며 코까지 골았다.

"대단하네요."

"염치라는 게 아예 없어요."

시마 씨와 청년은 그저 놀라워했다.

"고양이들은 원래 그래. 그렇지?"

아키코가 말을 걸어도 고양이들은 기분 좋게 코를 골며 이따금 크게 콧김을 내뿜기만 했다.

"타로의 환생이니? 어쩜 이렇게 똑같이 생겼어?"

갑자기 세상을 떠난 타로가 아키코의 슬픔을 헤아리고 두 배가 되어 돌아온 것 같았다.

"저기, 부탁드려도 될까요?"

시마 씨가 주저하면서 물었다.

"이것도 다 인연이니까. 우리 집에서 사는 게 행복할진 모르겠지만. 타로랑 너무 닮아서 놀랐어."

아키코는 흔쾌히 승낙했다.

"고맙습니다. 다행이에요."

이 애들을 마지막으로 모든 고양이의 입양처가 정해졌다고 한다.

"이거는 별거 아닌데 지참금이라고 해야 하나. 애들 먹던 밥이에요."

청년이 손에 들고 있던 가방을 조심스럽게 아키코 앞에 놓았다. 안에는 수입 사료가 들어 있었다.

"와, 입맛이 고급이네? 프랑스 사료를 다 먹고?"

아키코가 말을 걸자 고양이들이 눈을 감은 채 구우우웅 콧
김을 뿜으며 대답해 세 사람은 웃음을 터뜨렸다. 고양이와 한
공간에 있는 것만으로 왜 이리도 행복해지는지 모르겠다. 이
애들을 학대하고 쫓아낸 남자는 용서할 수 없지만 정 많은 이
웃 주민들이 보호하고 돌봐줘서 정말 다행이었다.

"애들 자니까 그냥 계세요. 저흰 그만 갈게요."

시마 씨가 배려해줘서 아키코는 무릎 위에 두 마리를 올린
채 방에 앉아 두 사람을 배웅했다. 시마 씨와 청년은 죄송하다
고 하면서도 한시름 놓은 표정으로 돌아갔다. 아키코는 시마
씨에게 가깝게 지내는 사람이 있어서 기뻤다. 무거운 짐을 시
마 씨가 안고 남자친구는 보조 짐꾼처럼 가벼운 가방을 들고
있는 점이 재미있었다. 묵직한 고양이 두 마리를 비쩍 마른 청
년에게 안기기 불안했던 시마 씨는 "내가 들게"라고 말하며
안고 왔을 것이다.

사진 속 타로를 보니 평소처럼 부루퉁한 얼굴은 여전했다.
그래도 '뭐, 아무튼 잘 돌봐줘'라고 말하는 것 같았다. 타로가
떠난 뒤 처분한 고양이 화장실도 얼른 다시 사야겠다. 식기는
안 쓰는 걸 고양이용으로 쓰면 된다. 그보다 이름을 먼저 붙여
야 한다. 임시 보호한 집에서는 어떤 이름으로 불렸을까. 묻는

것을 깜박했다. 시마 씨에게 전화해야겠다고 생각하면서 아키코는 한껏 들떴다. 타로의 사진보다 위에 있는 사진 속 엄마는 "엄마도 고양이와 비슷한 정도로는 소중히 여겨주면 안 되겠니?" 하고 기막혀 할 것이 분명하다.

"앞으로 잘 부탁해."

아키코는 잠든 고양이의 머리에 교대로 볼을 비볐다.

"푸히."

"쿠후."

두 마리가 콧김을 내뿜으며 대답했다. 아키코는 묵직한 두 마리를 두 팔로 받쳐주며 갑작스럽게 늘어난 새 가족의 무게를 오래도록 즐겼다.

빵과 수프,
고양이와
함께하기 좋은 날 _ 둘

초판 1쇄   2020년 4월 27일
개정판 1쇄   2023년 4월 10일

지은이   무레 요코
옮긴이   이소담

펴낸이   이나영
펴낸곳   북포레스트
등록   제406-2018-000143호
주소   (10871) 경기도 파주시 가재울로 96
전화   (031) 941-1333
팩스   (031) 941-1335
메일   bookforest_@naver.com
인스타그램   @_bookforest_

ISBN 979-11-92025-14-8 03830